Alto riesgo

Colin Harrison

Alto riesgo

Traducción de Aurora Echevarría

mosaico

Para Ilena Silverman,
colega, editora y amiga

1. Una llamada inesperada

A lo largo de mi carrera profesional me han pedido que haga muchas cosas desagradables, y las he hecho casi sin rechistar. De ahí que ciertos incidentes recientes de mi vida no debieran haberme afectado. No debieran haberme desconcertado. Pero lo han hecho. Ahora soy algo más viejo. Ya han empezado a salirme canas, aunque mi mujer, Carol, dice que le gustan. En Nueva York los tipos como yo acaban cubiertos de chichones, moratones y arañazos, como las maltrechas furgonetas de reparto que circulan por Chinatown: destartaladas, abolladas, con la suspensión estropeada. Los motores les funcionan, pero no a gran velocidad. Por el momento circulan. Tienen mucho kilometraje. Ése soy yo, o al menos así era cuando me enteré de lo que se me pedía. Debía llevar a cabo una tarea extraña e inesperada. Y lo hice, pero lo cierto es que no benefició a nadie, y menos aún a mí.

Recibí la llamada el segundo viernes del pasado abril, un día lluvioso y frío. El precio del petróleo fluctuaba con violencia, y cada movimiento empujaba el oro y el dólar en sentido contrario. Si el petróleo bajaba, el dólar subía. Si el petróleo subía, el oro subía. Si el dólar bajaba, el oro subía. La Bolsa, que hacía poco había subido después de haber bajado, había vuelto a bajar, y todo el mundo rezaba para que no acabáramos engullidos por otro gigantesco torbellino inflacionista de dólar a la baja, o sacudidos por otro desplome repentino de la confianza económica. Muchos de mis colegas del bufete llevaban meses haciendo acopio de oro, sin duda creyéndose muy listos por apostar en contra de la economía nacional. Yo no había hecho nada inteligente para prepararme para el apocalipsis fiscal del siglo. Sólo quería irme a casa, cenar con Carol y tal vez sentarnos en el balcón a beber un vino barato. En tales ocasiones suelo preguntarle si tiene noticias de nuestra hija, Rachel, que está en su primer año de universidad. O cotilleamos sobre los vecinos, especulando acerca de su vida sexual, su adicción a las pastillas o su coherencia psíquica en general. Cuando vives en un bloque de pisos, te enteras de cosas, tanto si quieres como si no. A veces vamos al cine, en Broadway, a dos manzanas de casa, o cogemos el metro hasta el estadio de los Yankees para ver un partido. Así es como funciona nuestro matrimonio últimamente. Un montón de rituales domésticos marcados por el deterioro de la mediana edad. De vez en cuando, tenemos una tímida discusión sobre los típicos temas. Sólo para desahogarnos. Pero a ninguno de los dos nos dura mucho el enfado. Sobre las cuatro de la tarde, Carol y yo solemos llamarnos para decidir cómo pasar la tarde, y fue entonces cuando me llamó Anna Hewes desde el otro extremo de la planta.

—George, acabo de hablar con la señora Corbett.

—¿La auténtica señora Corbett?

—Por supuesto. Voy hacia allí para hablar contigo.

El difunto marido de la señora Corbett, Wilson Corbett, fundó nuestra compañía en los años sesenta. Anna Hewes era su vieja secretaria, y cuando digo vieja me refiero a ex, pero también a que había superado hacía mucho la edad de jubilación. En la actualidad está en la oficina de personal, donde se creó un puesto especialmente para ella cuando resultó evidente que empezaba a perder facultades. Pero sigue llegando temprano, prepara el café de toda la planta, sustituye a los recepcionistas en los descansos, ordena alfabéticamente los archivos..., esa clase de tareas. Se encontraba en el ojo del huracán en los tiempos en que Wilson Corbett se encargaba personalmente de treinta casos al mismo tiempo, en ocasiones hablando por dos teléfonos a la vez, controlando a los jefes de Londres, a los investigadores de Chicago, a todos. Ese tipo era una máquina, rebosaba energía. Y contaba con Anna, quien a su vez contaba con dos ayudantes jóvenes que trabajaban para ella e intentaban no quedarse atrás.

Wilson Corbett había contado con toda mi simpatía y admiración. Le debía mucho: era él quien me había contratado cuando aún era muy joven, rescatándome de las turbias aguas de la Oficina del Fiscal del Distrito de Queens en los años ochenta. Estoy aquí desde entonces. Después de jubilarse, Corbett aparecía más de una vez por la oficina, ansioso por respirar de nuevo el aire de los buenos tiempos, pero no tardó en venirse abajo. Había trabajado tanto durante décadas interminables que no quedaba gran cosa de él. Al cabo de pocos años ya no reconocía a nadie ni era capaz de orientarse por la oficina. Sus visitas acabaron reduciéndose a la fiesta de Navidad, en la que estrechaba la mano a los que todavía lo recordaban, hasta que finalmente se apagó y murió, como nos ocurrirá a todos. La compañía al completo asistió al funeral. No se habló mucho de la señora Corbett, que tenía un par de hijos —tipos de Wall Street, si no me falla la memoria—, y todo el mundo daba por hecho que estaba forrada y que hacía lo que hacen las ancianas que viven solas en Park Avenue.

En ese momento Anna Hewes asomó la cabeza por la oficina. Cuida mucho su aspecto: maquillaje discreto, tinte impecable, dentadura postiza fija.

—¿Qué quería la señora Corbett? —pregunté.

—Me ha pedido que le diga a George Young que lo espera en su casa hoy a las cinco.

—Me sorprende incluso que sepa mi nombre.

Al oír mis palabras, Anna me miró de reojo, pero enseguida bajó la vista, como si se callara algo. No le di muchas vueltas; Anna lleva tantos años en el bufete que se ha vuelto algo excéntrica. Con el tiempo me he enterado de que el quince por ciento del personal puede describirse como inútil, incompetente, demasiado viejo o sencillamente loco. También tenemos algún que otro borracho o heroinómano. Anna ya está entre este quince por ciento y, con franqueza, me pregunto por qué sigue aquí. Pero eso es asunto de los socios gerentes, no mío.

—¿Sabes su dirección? —pregunté al final.

Me dio un papel.

—A las cinco.

—¿Tienes alguna idea de lo que quiere?

—No ha dicho gran cosa, sólo que está delicada de salud.

—¿Espera que deje lo que estoy haciendo y me desplace a las afueras para ir a verla sin dar ninguna explicación?

—Sí.

—Preferiría ir en otro momento que no me fuera tan mal.

—Ha insistido en que quiere verte hoy.

—Estoy ocupado barajando el destino de gente desesperada, Anna.

Me lanzó una mirada. Conoce el negocio, lo reconozco.

—Debes hacerlo, George —dijo Anna.

Y se fue.

Volví sobre los papeles de mi escritorio. Tenía mucho que hacer. Siempre tengo mucho que hacer y suelo acabarlo en el plazo previsto. El bufete está muy ocupado, lleva unos ciento sesenta casos. No está mal para un despacho pequeño. Son sólo unos pocos socios, más un puñado de mulas de carga como yo y los jóvenes hachas, que no suelen tardar en irse en cuanto se dan cuenta de que los cambios escasean. ¿Por qué? Porque Patton, Corbett & Strode tiene una clientela muy especializada. Uno de nuestros mejores clientes es una compañía de seguros multinacional cuya sede se encuentra en una de las principales capitales europeas. Tiene un nombre conocido, pero no voy a desvelarlo: a pesar de que todo el mundo ha oído hablar de ella, es cliente nuestro y respetamos su confidencialidad. La gente oye el nombre de la compañía y piensa: ¿qué son unos pocos cientos de miles, o unos millones, para una compañía como ésa? Pues exactamente lo que parece: dinero. Nosotros protegemos su dinero, sobre todo en estos tiempos de tanto riesgo.

El negocio de nuestro cliente es sencillo. Hay personas que no pueden contratar un seguro. ¿Por qué? Porque se han declarado en quiebra en algún momento de sus vidas, tienen problemas financieros o son dueños de compañías dudosas. O porque se rodean de amistades extrañas. Tal vez tienen antecedentes penales. O su nacionalidad está sujeta a interpretación: afirman ser una cosa, pero la letra pequeña dice otra. Sea como sea, estas personas no pueden contratar un seguro contra incendios, robo, desastres naturales, desfalco o daños a terceros.

Pero tienen que estar asegurados. ¡Es obligatorio! Alguien insiste en que deben hacerse un seguro. ¿Quién? El banco que tan gustosamente les concedió la descomunal hipoteca. O los funcionarios del gobierno. O los socios del negocio. Como el solicitante no puede contratar el seguro a través de los agentes nacionales corrientes o los corredores convencionales, contrata una póliza con una prima elevada. Paga más de la cuenta, mucho más. La compañía anteriormente mencionada con sede en una importante capital europea cobra a esos clientes un gran recargo, basándose en la probabilidad actuarial de que algún día hagan una reclamación tras algún desastre. Así se monetiza el riesgo. La gente no suele caer en la cuenta de que el sector de los seguros lleva más de doscientos años archivando datos sobre lo que los seres humanos hacen con sus vidas.

Wilson Corbett ya lo decía. «La gente cree que las compañías de seguros son montones de abstracciones. Pero lo que todas las compañías de seguros hacen en realidad es cuantificar el comportamiento humano defectuoso. Saben que un porcentaje fijo de personas se cae de una escalera, estrella su coche y le pega fuego a su negocio. Y saben que la gente es proclive a engañar, mentir y robar. ¡No puede evitarlo! Una cosa está relacionada con otra, y ésta, con una tercera, de modo que los agentes de seguros no tardan en saber más de los individuos que ellos mismos. Parece imposible, George, pero es cierto. Sé de agentes que han aumentado la prima de un seguro sólo porque no les gustaba la corbata que llevaba el tipo o la clase de coche que conducía. Y no se equivocaban. Enseguida surgía un problema.»

Y aquí entramos nosotros. Cuando nuestro cliente recibe de Estados Unidos una reclamación que no le gusta, que le huele mal, intervenimos. No estoy hablando de parachoques abollados o falseamiento de accidentes causados por negligencia. Me refiero a fraudes, incendios premeditados, destrucción de archivos. Empezamos a hacer preguntas. ¿Cómo se quemó el almacén? ¿Qué había dentro? ¿Puede enseñarnos los recibos de los proveedores que corroboren el inventario? Siempre les pedimos que contesten a las preguntas por escrito y nos las manden por correo. ¿Por qué? Porque cuando un reclamante miente al responder y utiliza el correo para hacerlo, se considera un fraude por correo, según el capítulo 63 del Título 18 del Código de Estados Unidos, para ser exactos. Disponemos de documentos de archivo especiales que metemos en sobres para que no se borre la tinta del matasellos: de este modo podemos utilizarlos como pruebas ante un tribunal. El solo hecho de señalarles que mentir a través del correo postal de Estados Unidos es en sí mismo un delito federal tiene un efecto motivador en los reclamantes. Han estado tan ocupados falsificando los demás detalles que no se han parado a pensar en ése. El trabajo puede ser emocionante y un poco desagradable. Lo que, lo confieso, resulta interesante.

Ése era el negocio en el que me había introducido Wilson Corbett hacía muchos años. No tardé en comprender que tenía que ser duro y profesionalmente desconfiado. Pero me gustaba el trabajo y me había permitido pagar las facturas durante años. Le debía mucho al señor Corbett, y siempre me ha gustado saldar mis deudas. Si la viuda de Wilson había preguntado por mí, tenía que ir a ver lo que quería. Además, si no acudía, se lo pediría a otra persona del bufete, y era muy probable que el consejo directivo se enterara de que había rehusado ir. Eso también era parte de la motivación, lo reconozco. Aunque no me deje muy bien.

Salí a las cuatro y media, una hora aceptable para coger un taxi en el Rockefeller Center que me llevara a las afueras, y alrededor de las cinco esperaba de pie en mitad del vestíbulo del edificio de pisos de la señora Corbett. El alto portero era un pedazo de madera irlandesa fosilizada. El cabello blanco y el rígido uniforme azul le daban todo el aspecto de un almirante retirado.

Titubeó mientras me estudiaba.

—¿Ha dicho la señora Corbett?

Asentí. Tal vez su actitud significaba que la señora Corbett no recibía muy a menudo.

Marcó un número y escuchó.

—Sí, señora... Por supuesto, enseguida.

Colgó y me miró.

—¿Puede hacerme un gran favor? —me preguntó.

—¿Cuál?

—Echar un ojo a las velas. Últimamente las enciende y se olvida de ellas. Ya hemos tenido un par de accidentes.

—¿Y si veo alguna encendida?

—Avíseme al marcharse. Subiré personalmente a apagarla.

Al cabo de unos instantes llamé a un timbre. La puerta se abrió y me encontré con una mujer delgada de cabello cano que no sonrió ni me estrechó la mano.

—Señora Corbett —dije.

Me examinó de arriba abajo, la cara, el traje, la corbata y los zapatos. Había visto montones de abogados en su vida y sospeché que no le impresionaban mucho.

—Ha venido —se permitió decir con manifiesta gratitud.

Se volvió y me condujo al salón, una cueva de almohadones. Impregnaba la estancia un olor a persona mayor enferma que las velas encendidas no lograban disimular. Se acomodó en un sofá enorme.

—Señor Young, mi marido siempre decía que usted era uno de sus hombres más inteligentes, así que, verá, dependo de usted.

—Apreciaba mucho al señor Corbett —respondí, alegrándome de tener la oportunidad de decirlo—. Él fundó la compañía.

Ella se acomodó, preparándose. Tenía los tobillos hinchados como muchas personas mayores.

—Voy a tratar de explicárselo todo —empezó—. Tengo ochenta y un años. La vida ya no es exactamente lo que era. Se convierte en una serie de golpes, señor Young. Cosas que jamás habrías esperado. —Tomó aire y, mientras exhalaba, añadió—: Mi hijo Roger murió hace unos meses.

—Lo siento mucho. No creo que lo sepan en el bufete.

La señora Corbett hizo un gesto de asentimiento dando a entender que prefería no ponerse emotiva.

—Sólo tenía cincuenta y un años. Divorciado, me temo. Había tenido problemas en los negocios. Estuvo veinte años casado. Aprecio mucho a su mujer. Mejor dicho, su ex mujer. Ha sido muy buena conmigo, como una hija. ¿Llegó usted a conocerlo?

—Es posible, si iba a las fiestas del bufete.

Ella suspiró.

—En fin, Roger murió en un accidente. El clásico accidente estúpido. No quiero describírselo, pero en ese gran sobre verde encontrará toda la información —me dijo señalándome una mesa de caoba—. Acababa de salir de un bar. Llevaba cuatro horas sentado ahí solo. Eso es todo lo que sé. No era muy dado a beber ni a pasar mucho tiempo en esa clase de locales.

—Entiendo.

La señora Corbett me miraba fijamente.

—Señor Young, lo siguiente que necesita saber es que dentro de seis semanas me operarán de una válvula del corazón que no me funciona bien. Dicen que si no me someto a la operación, moriré dentro de tres o cuatro meses. Estaré más muerta que mi abuela, como decía mi marido. Si tengo suerte y aún sigo con vida, será por poco tiempo. —Pasó su anciana mano por un cojín—. De modo que voy a hacer lo que me aconsejan los médicos. Pero casi nadie se opera a mi edad. Un cuerpo viejo no reacciona muy bien a la cirugía. Me han dado un cuarenta por ciento de posibilidades de sobrevivir.

No era mucho, pero tenía que aceptarlo.

—El año pasado sólo operaron a dos personas de mi edad en Manhattan. Una fue ese tipo desagradable, forrado de dinero, que cada diez años cambia de mujer. El que tiene ese horrible pelo naranja. Mi marido jugaba al golf con él y decía que hacía trampa cuando mandaba la pelota al *rough*. Bueno, pues, por desgracia, él sobrevivió. En cambio, el otro hombre, que era muy agradable, la palmó en la mesa de quirófano.

—Entonces, o se muere usted este verano o la operan y tiene la posibilidad de vivir un poco más.

—Puede que hasta cinco años. Me gustaría tanto ver crecer a mis nietos; sólo por eso valdría la pena. Si le he llamado, es porque quiero saber algo antes de operarme. —Hizo una pausa y se quedó mirando las velas—. Me gustaría saber por qué mi hijo estuvo cuatro horas ahí sentado. —Su voz expresaba frustración, incluso cólera. Hizo girar un par de veces la pulsera de oro que llevaba en la muñeca y añadió—: Quiero saber qué hacía Roger.

—¿Quiere saber por qué murió?

—No. Sé que fue un accidente, pero ocurrió inmediatamente después de que saliera del bar. Estuvo en aquel bar por algún motivo.

—¿Y quiere que yo lo averigüe?

Asintió.

La ciudad estaba llena de inspectores de policía jubilados deseosos de poder pagar la manutención de sus hijos o complementar la pensión de veinte años de servicio.

—¿Por qué no contrata a un...?

—Lo hice, señor Young. Me lo recomendaron especialmente. Y consiguió parte de la información que está en ese sobre verde. Pero no pudo averiguar nada. Dijo que lo había intentado, pero que era imposible.

—No sé por qué yo...

—Mi marido le creía muy capaz. Decía que era perseverante. Estoy en contacto con Anna Hewes. Tal vez le sorprenda saberlo, pero me entero de todo lo que pasa allí.

Dudaba que Anna supiera más de lo que podía oír junto a la máquina del café, pero, una vez más, podía ser suficiente.

—Soy consciente de que su tiempo es valioso —continuó la señora Corbett— y de que esto podría tenerle bastante ocupado, de modo que estoy más que dispuesta a pagar lo que crea que...

Yo ya estaba negando con la cabeza.

—Si la ayudo, no aceptaré su dinero. Sería para mí el modo de saldar una vieja deuda de gratitud con el señor Corbett.

Ella pareció complacida. Yo, en cambio, me entristecí.

—En ese sobre encontrará más cosas sobre Roger. Su dirección y cosas así. Papeles y unas llaves.

Tenía muchas preguntas que hacerle, pero la señora Corbett se levantó, muy consciente de la cantidad de energía que requería el movimiento. Se sostuvo con una mano en el reposabrazos del sofá mientras con la otra me entregaba el gran sobre verde.

—Necesitaré un par de días para pensármelo —dije. Pero los dos sabíamos que iba a hacerlo.

En el vestíbulo vi al almirante.

—Seis velas —dije—. Cinco en el salón y una en el vestíbulo.

Se llevó una mano a la visera de su gorra azul.

—Muy agradecido.

Cogí un taxi hacia el otro extremo de la ciudad y, por el camino, llamé a Carol. Ya estaba en casa, y aproveché para contarle mi visita a la señora Corbett. Pero tuve la sensación de que no me escuchaba. Parecía que estaba sin aliento.

—¿Qué estabas haciendo? —pregunté.

—Estoy demasiado enfadada para decírtelo.

Carol trabaja en el departamento de cumplimiento de un gran banco de Nueva York que también dejaré en el anonimato. Es un banco muy conocido: tiene sucursales en todas partes. A duras penas sobrevivió al último apocalipsis fiscal del siglo tras aceptar absorber a uno de sus rivales insolventes con la condición de que el gobierno le proporcionara el dinero para hacerlo. Como es natural, el banco salió muy fortalecido de la operación. Como organismo corporativo se abrió camino hábilmente en los principales mercados globales, comprando a los políticos de un país cuando era necesario, desviando acciones de los bancos nacionales, presentando su imagen culturalmente adaptada en nada menos que 106 países. Los fondos soberanos de inversión tienen predilección por este banco y son dueños de gran parte de sus acciones. A Carol, una mujer recelosa por naturaleza, le ha ido bien en su trabajo. Vivimos en el West Side con nuestra hija, en una bonita casa de tres habitaciones. La compramos a principios de los años noventa, cuando los agentes inmobiliarios vivían de arroz y judías. A mediados de los noventa empezaron a engordar, hasta que reventaron y tuvieron que volver a la dieta de arroz y judías. La ciudad pasa por estos ciclos, y si vives aquí el tiempo suficiente puedes verlos ir y venir, puedes contemplar cómo el dinero inflama la ciudad, vuelve loca a la gente.

Llegué a casa y arrojé el abrigo sobre la mesa.

—Esta noche juegan los Yankees contra Boston —grité.

—Con eso no me basta —gritó Carol a su vez—. Quiero ver a Joba.

Los Yankees estaban en Boston esa noche, con Chien-Ming Wang de lanzador. Iban a retransmitir el partido por la televisión. Pero a Carol no le bastaba con eso: quería ver a Joba Chamberlain, el joven lanzador estrella de los Yankees, en persona, de cerca, a poder ser desde las primeras filas.

Le había prometido que conseguiría entradas para el partido contra Boston en casa, la próxima semana. Aún no las tenía, tal vez porque todavía lloraba la pérdida de Joe Torre como mánager, y nada de lo que pudieran decirme iba a hacerme sentir mejor. Cuando eres hincha de un equipo, estableces una relación intensa con él. Los Yankees todavía tenían a Mariano, a Pettitte, a Posada y a Jeter. Pero estaban envejeciendo. Y resultaba que A-Rod había tomado esteroides. Todavía lo estoy superando.

Oí el ruido de la aspiradora. Estuvo en marcha unos minutos y luego se apagó. Fui a mi dormitorio, donde Carol examinaba detenidamente a nuestro gato obeso, que maullaba boca arriba.

—¿Qué?

—Pulgas. —Carol frunció el ceño como si yo tuviera la culpa.

—¿Has visto alguna?

—No, pero las noto. Sé que están ahí.

Mi mujer, la supervisora de cumplimiento del banco, me divierte, y ella lo sabe. Y, por supuesto, eso la divierte a su vez. Pero en esos momentos no sonreía.

—Como esa señora Corbett. He estado pensando en ello —dijo señalando el sobre verde que yo sostenía en la mano—. Se está callando algo, George. Eso de pedirte dulcemente que le hagas un favor a una viejecita...

—Es una mujer de ochenta y tantos años a quien le preocupa morir, Carol.

—No creo que sea tan sencillo.

—Acaba de perder un hijo.

Ese hecho no impresionó a Carol.

—¿Por qué te ha llamado a ti?

No tenía una respuesta.

El sobre verde de la señora Corbett estaba en el aparador mientras mi mujer y yo cenábamos sushi.

—¿No vas a abrirlo para ver lo que hay dentro? —preguntó Carol señalándolo con los palillos.

En mi profesión, que consiste en investigar y defendernos contra las reclamaciones de seguros fraudulentas, se desarrolla una compleja relación psicológica con cualquier sobre cerrado. Los sobres de papel corriente, los sobres del correo electrónico, los sobres de correo interno con los cordeles rojos. Antes de abrir un sobre, no sabes qué vas a encontrar dentro y, por lo tanto, no estás obligado a tomar un curso de acción. Por lo que se refiere al contenido, eres inocente. Puede ser verdadero, falso, incompleto, irrelevante o una fría prueba de una intención injusta. Pero, sea lo que sea, aún no está dentro de tu cabeza. No te está preocupando. No afecta a tu sueño, ni a tu percepción de ti mismo, ni a tu fe en el universo. En cuanto abres el sobre, su contenido se te mete en la cabeza y te ves obligado a lidiar con él.

Cuando terminamos de comer, abrí el sobre verde y lo vacié sobre la mesa del comedor. Cayeron una docena de papeles, un sobre más pequeño y un DVD sin etiqueta. También había una tarjeta de un detective privado llamado James Hicks.

Carol echó un vistazo a los papeles.

—No parece muy prometedor.

—¿Qué esperabas?

—Ya sabes, un mapa del tesoro, fotografías ilícitas, tal vez un pedacito de microfilm.

—Te lo estás tomando a broma.

—Sé lo que sentías por el señor Corbett —dijo ella con más suavidad—. Y lo entiendo. —Cogió el sobre pequeño y extrajo dos llaves que colgaban de una anilla—. He de hacerte una humilde petición.

—Adelante.

—Por favor, no permitas que esta pequeña investigación afecte a nuestra tranquila existencia de la mediana edad.

—No lo permitiré. ¿Estás satisfecha?

A mis casi cincuenta castigados años, no tengo reparos en reconocer que me he convertido en un entendido en botellas de vino tinto de catorce dólares, así que, después de servirme una copa bastante generosa, me acomodé junto a los efectos personales de Roger Corbett. Primero examiné las llaves; parecían corresponder a candados corrientes, pero de distintas marcas. Del interior del sobre también había caído una tarjeta de acceso a algún guardamuebles del centro. Entre los papeles había una fotocopia del carnet de conducir caducado de Roger Corbett, gracias a la que averigüé que medía metro ochenta y dos, pesaba ochenta y seis kilos (por lo menos cuando se emitió el carnet), y tenía los ojos y el pelo castaños. Le escudriñé la cara; le habían hecho la foto cuando tenía casi cuarenta años y no cabía duda de que era un hombre blanco bien alimentado y, a juzgar por su mirada, seguro de sí mismo. Su barbilla era recia como la de su padre, Wilson Corbett. Llevaba abrigo y corbata. Era la foto de un hombre próspero. Recordé a su madre diciendo: «Había tenido problemas en los negocios». De modo que entre el momento en que se había tomado esa foto y el día de su muerte, a los cincuenta y un años, Roger debía de haber sufrido algún revés serio. No era tan raro; Nueva York sabe maltratar a la gente.

También había una copia del contrato de alquiler de un apartamento en el centro en Broome Street, firmado a finales del año anterior. El alquiler mensual era de 1.700 dólares, así que, teniendo en cuenta los alquileres de Manhattan, era razonable pensar que se trataba de un lugar más bien modesto.

Había otros papeles, pero por el momento me resistía a examinarlos. A todos nos sigue un huracán de documentos, pero ¿qué significan realmente? Vivo rodeado de tantos papeles como cualquiera, y si alguien coge un puñado, averiguará mucho sobre la hipoteca de mi casa, el alto nivel de colesterol que hay en mi sangre y cuánto vino de buena marca compro por catorce dólares, pero no podrá saber lo mucho que me preocupa mi hija de diecinueve años, lo que pienso en la actualidad del pelo de mi mujer o lo equivocado que estaba sobre cuánto viviría mi madre.

Puse el DVD en el ordenador. Apareció en la pantalla una imagen en color del Blue Curtain Lounge, situado en Elizabeth Street, con una fecha y una hora: «01.32 h, 5 de febrero». Estaba grabado a intervalos de aproximadamente medio segundo, y mostraba la fachada delantera del Blue Curtain Lounge desde un punto de vista fijo, lo que indicaba que procedía de una cámara de seguridad. Los taxis, manchones amarillos que avanzaban interrumpidamente, pasaban de izquierda a derecha. Por fin aparecía una figura con abrigo oscuro: un hombre de mediana edad que abría la puerta de un empujón y se precipitaba hacia su izquierda, hacia la esquina de Elizabeth con Prince. Era más o menos como el hombre de la foto del carnet de Roger Corbett, pero con quince años más, que es lo mismo que decir que se parecía a un millón de tipos de mediana edad. No se tambaleaba, ni siquiera estaba muy borracho. Se detuvo en el cruce, pensativo. Tal vez ensimismado. Bajó de la acera y empezó a cruzar Prince, luego cambió de opinión, subió de nuevo a la acera y giró el talón del pie derecho y, mirando la cámara, retrocedió con paso enérgico por Elizabeth Street mientras de vez en cuando pasaban coches en una sola dirección. Casi simultáneamente introdujo la mano izquierda en el bolsillo del abrigo y sacó un papelito. Parecía que se proponía estudiarlo: cuando se lo acercó a la cara, como si pretendiera releerlo para confirmar las palabras que acababa de leer, un camión de un servicio privado de recogida de basura le dio de lleno por la derecha y se lo llevó hacia Prince, fuera del marco de la cámara. El papel que tenía en la mano salió volando. Detuve el DVD, retrocedí y observé cómo el camión de la basura se movía de izquierda a derecha por la pantalla en tres fotogramas temblorosos. No iba más deprisa que los taxis. Roger Corbett no levantó la vista, ni siquiera en el último instante. Moví la barra de progreso del archivo hacia adelante y hacia atrás, desplazando el camión de la basura de nuevo hacia atrás, hacia la izquierda y hacia la derecha, para comprobarlo. No hacía ningún movimiento, ni siquiera levantaba la barbilla o volvía la cabeza. Roger estaba tan concentrado en el papel que tenía en la mano que no vio el camión de la basura que se disponía a arrollarlo a cincuenta kilómetros por hora.

Me quedé petrificado. A eso me refiero cuando hablo de abrir sobres. De pronto tenía la desafortunada muerte de Rogert Corbett incrustada en el cerebro. Sé que hoy día estas grabaciones tan crudas están en todas partes: Internet se ha convertido en un inagotable depósito de accidentes de coche en autopistas rusas, atracos a tiendas de comestibles en ciudades pequeñas, peleas de instituto, hasta ejecuciones de guerra, pero aun así era una sensación extraña retroceder en el tiempo hasta el momento en que la vida de Roger Corbett llegó a su fin. ¿Lo había visto la señora Corbett? Esperaba que no.

Puse de nuevo el DVD. La parte trasera del camión de la basura desaparecía a la derecha, y en la pantalla se veía a los coches aminorar la velocidad, sin duda cuando se hizo evidente el accidente. Un hombre salía corriendo de la derecha de la pantalla, donde supuestamente se había detenido el camión de la basura, e iba directo al Blue Curtain Lounge. Del bar salían unas cuantas personas que sin duda se habían enterado de lo ocurrido y deambulaban por la calle movidas por una curiosidad momentánea por el destino de Roger Corbett. En realidad, Roger no volvía a aparecer, pero no hacía falta ser un genio para saber que el momento en que había mirado el papel había sido el último.

La pantalla se oscureció. Di marcha atrás hasta el momento del impacto, esperando ver qué había pasado con el papel que Roger tenía en la mano. En el momento en que lo soltaba, daba vueltas alrededor del camión de la basura que avanzaba a gran velocidad, como una mota blanca de píxeles danzando incitante contra la tolva verde borrosa. Luego el camión desaparecía y el papel salía del marco en pos de él. Por un momento me planteé ir a esa esquina y buscar en las alcantarillas. Pero, como sabe todo el que ha aparcado alguna vez el coche en las calles de Nueva York, la ciudad está obsesionada con la limpieza, y ese tramo de Elizabeth Street ya debían de haberlo barrido una docena de veces. Ese papel, lo suficientemente fascinante para Roger Corbett como para haberle costado la vida, había desaparecido.

II. La dama de Checoslovaquia

El siguiente lunes por la mañana llamé a James Hicks, el detective privado. Me fijé en la dirección que aparecía en la tarjeta: su despacho estaba en el centro de la ciudad, en Broadway, cerca del ayuntamiento y los juzgados. Probablemente se trataba de una oficina de dos o tres personas, un par de viejos detectives que todavía se llevaban bien. Cuando Hicks se enteró de que la señora Corbett me había dado su nombre, dejó escapar un largo suspiro de irritación.

—Tengo cosas mejores que hacer que hablar de esto, señor Young —dijo—. Preferiría hacer algo productivo, como pasarme el hilo dental por los dientes.

—¿Tiene diez minutos?

—Supongo que le pagará por sus servicios.

—No.

Hizo un ruido con la garganta para mostrar su disgusto.

—Diez minutos —dijo él.

—¿Dónde trabaja?

—En el Rock Center.

Oí cómo tecleaba; luego se detuvo para leer la información que aparecía en su pantalla.

—¿Es usted un abogado especializado en casos de seguro de alto riesgo?

Así es el mundo en el que vivimos: si alguien sabe cómo te llamas, puede descubrirlo todo sobre ti.

—Sí, ése soy yo.

—Reúnase conmigo mañana en el Top of the Rock. A las nueve, antes de que lleguen los turistas.

Así lo hice. Como llegué demasiado temprano, entré en una cafetería y escribí una lista de preguntas inútiles. No esperaba gran cosa de Hicks, dada la actitud hostil que había tenido durante nuestra conversación telefónica, pero me puse a la cola del Top of the Rock. Había sobre todo colegiales y turistas. El neoyorquino medio no ha subido nunca a lo alto del Rockefeller Center. A setenta pisos del suelo, al aire libre, se ve el MetLife Building, el Chrysler Building. Brooklyn se extiende interminablemente. Creo que la vista es mejor que la del Empire State Building, porque hacia el norte alcanzas a ver Central Park, un gran rectángulo verde dentro de una cuadrícula de piedra. El viento sopla con ferocidad por el oeste, procedente de Nueva Jersey. Confieso que no me acerqué al borde. Me entra un extraño temblor en las piernas si miro desde un lugar elevado. Ha sido así desde que era niño.

—Señor Young.

Me volví. James Hicks era un hombre alto de pelo blanco. El abrigo que llevaba era mejor que el mío, así como también eran mejores su camisa, su corbata y sus zapatos. En sus ojos había una frialdad impasible; habían visto más de lo que debe ver un hombre a lo largo de una vida.

—Sus diez minutos han empezado.

—¿Por qué dejó el caso?

—No había nada. Ya debe de haber visto la grabación. El tipo sale de un bar, pasa un camión de la basura y, ¡bum!, adiós muy buenas.

—La señora Corbett quería saber lo que había estado haciendo su hijo la noche en que murió.

—Ya se lo dije. Estuvo sentado en un bar. El camarero recordaba haberlo visto en un reservado. Hizo unas llamadas, luego salió medio tambaleándose y ¡patapaf!

—¿Tiene alguna idea de lo que había escrito en el papel que miraba?

—No.

—¿Habló usted con alguien que lo conociera?

Miró un segundo por encima de mi hombro izquierdo antes de contestar.

—Con varias personas. No tenía nada especial: no era más que un tipo de Wall Street que no logró hacer carrera. Un perdedor rico. Su mujer lo abandonó y se fue con sus hijos a San Diego, a vivir con sus padres. Todavía está de buen ver y probablemente no se queda encerrada en casa.

—¿Estuvo en su piso?

—No, no merecía la pena ir. La señora Corbett dijo que estaba vacío y supuse que habían vuelto a alquilarlo.

—¿Tenía algún antecedente de detención o acusación, o algo parecido?

—¿Ese tipo? Ni pensarlo.

—¿Buscó en los archivos?

—No me hizo falta.

Me di cuenta de que no me quedaba mucho tiempo para hacer preguntas.

—¿Dónde consiguió la grabación?

—Fui allí y localicé todas las cámaras de vigilancia. Ésa grabación la hizo una cámara pagada por el dueño del Blue Curtain Lounge. La tiene instalada en su propio edificio, por si pasa algo. Ni siquiera sabía que había quedado registrado el accidente.

Esa información tenía sentido; uno de los nuevos requisitos de algunas compañías de seguros es instalar una cámara en todos los lados del edificio. No es tan fácil prender fuego a tu propio edificio si hay una cámara grabando las veinticuatro horas del día los siete días de la semana, y queda constancia de todo el que entra y sale.

Hicks consultó el reloj.

—Mire, así están las cosas. Podría haber averiguado más sobre ese tal Roger, pero ¿qué le iba a decir a su madre? La anciana se está muriendo. ¿Qué hay de malo en que vaya al lecho de muerte sin saberlo todo sobre su hijo? ¿A quién le puede perjudicar? A nadie.

—¿Qué es lo que no quiso decirle?

—No estoy diciendo que hubiera algo en concreto, pero podría haberlo. —Hicks dejó esa frase suspendida en el aire y observó detenidamente mi reacción—. Le aconsejo que no se inmiscuya.

—¿Era usted detective?

—Eso ponía en la placa dorada.

—¿Dónde sirvió?

—Acabé en Brooklyn, en la Unidad de Crímenes Especiales.

De modo que había recorrido las entrañas de la ciudad y lo había visto todo.

—Entiendo, ¿y usted...?

—Un momento, amigo —me interrumpió él—. Tengo una pregunta para usted. ¿Preparado? Ahí va. ¿Quién es usted? Lo digo en serio, ¿quién es usted, George Young? ¿Lo sabe? —Esperó a que le contestara. Al ver que no lo hacía, añadió—: Es un abogado que atiende papeleo en una oficina, ¿verdad? Con el trasero cómodamente aposentado en una elegante butaca. No necesita involucrarse en algo así, créame. No es lo que parece, ¿comprende? Le aconsejo que no se meta. Mejor váyase a casa y tómese una cerveza. Tenemos a una anciana que...

Sonó mi móvil. Era mi mujer.

—George, ¿sigues con ese detective?

—Sí.

—He introducido su nombre en nuestro sistema, para ver qué información podía conseguir. Porque si tiene alguna clase de problema, podría estar relacionado conmigo, ya sabes.

Como supervisora de cumplimiento tenía que ser escrupulosa.

—¿Has averiguado algo? —pregunté.

El banco donde trabaja mi esposa tiene una participación importante en el mercado de la banca personal de la ciudad; cabía la posibilidad de que Hicks fuera cliente suyo.

—Una cuenta de empresa. Con mucho movimiento. Puede que no signifique gran cosa. ¿Está colaborando?

—Rotundamente no.

—Deja que hable con él.

Le tendí el teléfono.

—Mi mujer quiere saludarlo.

Hicks me miró frunciendo el ceño, pero cogió el teléfono. Vi cómo le cambiaba la expresión mientras hablaba. Luego arqueó una ceja. Empezó a discutir, pero enseguida se lo pensó mejor.

Me devolvió el teléfono.

—¡Menuda mujer tiene! Es dura de pelar.

Sabía que Hicks estaba pensado: «Esa mujer acaba de examinar mis cuentas bancarias». Miró hacia las calles y los edificios del extremo sur de Manhattan, que se extendía ante nosotros. Tenía en el rostro una expresión de disgusto, pero era un disgusto complejo: había en él animadversión hacia mí, pero también cierto desprecio hacia sí mismo por no haber perseverado en el caso. Y había algo más: era consciente de que se había librado de un asunto desagradable, desafortunado y reprensible, pero depositarlo en mis manos no le proporcionaba mucho alivio.

—Está bien —murmuró. Se sacó una tarjeta del bolsillo y me la ofreció, cogiéndola sólo por los bordes. Había un nombre escrito en mayúsculas y un número—. No sabe cómo ha conseguido este número, ¿de acuerdo? ¿Quiere averiguar más cosas? Adelante, sea un héroe. Éste es el punto de partida. Pero no vuelva a acudir a mí. Nunca me ha visto ni ha hablado conmigo, ¿entendido? No me llame nunca más. —Me miró intensamente con los ojos llorosos por el viento, luego me dio la espalda y se alejó con paso rápido, mientras el viento sacudía su largo abrigo oscuro hacia adelante. Me quedé solo en lo alto de esa enorme y terrible ciudad, aterrado, como tantos otros, ante la posibilidad de caer.

Si dedicas tiempo suficiente, por Internet se pueden averiguar muchas cosas sobre alguien que ha fallecido recientemente, aunque se esté filosóficamente en contra de economizar esfuerzos. Dejadme puntualizar: Internet permite averiguar muchas cosas sobre alguien que ha fallecido recientemente si este alguien formaba parte, aunque fuera de forma incompleta, del mundo allí registrado. Dicho de otro modo, si formaba parte de la sociedad organizada y digitalizada, como era el caso de Roger Corbett.

El nombre anotado en la tarjeta que me había entregado Hicks era Roberto Montoya, pero antes de telefonearlo y empezar a hacerle preguntas, quería saber más sobre Roger. En la grabación de la cámara de seguridad había visto cómo había muerto. Tal vez pudiera hacerme una idea de cómo había vivido.

De modo que esa noche me serví una copa de ese excelente vino de catorce dólares y empecé a buscar los restos de Roger Corbett que podían haber quedado sepultados en los servidores informáticos de todo el planeta. Vivimos tiempos realmente extraños. En parte me gustan y en parte no. Encontré datos sueltos de Roger, y algunos de los hechos llevaban a una interpretación poco verosímil. Pero en cuanto puse en orden la información empecé a entender algo.

Roger Corbett estudió en la Universidad de Columbia, en la promoción de 1981, y se licenció en Económicas. Enseguida obtuvo un máster en administración de empresas por la Tuck School of Business de Dartmouth, y, como muchos de los jóvenes con buen currículum de los años ochenta, se abrió camino como «analista» en una de las celdas de la enorme colmena de dinero que era la ciudad. A los treinta y un años se casó con Valerie Caruth, de veintidós, cuyo padre era el dueño de un gran concesionario Chrysler de Atlanta. En el anuncio de la boda, se definía a Valerie Caruth como «actriz», pero sólo logré encontrar unos cuantos spots publicitarios de productos de limpieza, fotos en anuncios de muebles y grabaciones de voz en anuncios de la radio local. En la foto más antigua que encontré de ella, tomada hacía años, se la veía como una bulliciosa rubia rojiza de treinta y pocos años. Al parecer tenía ciertos encantos de contorno, por así decirlo. En una foto posterior se había teñido el pelo del color de Jessica Simpson. Parece ser que después de acabar sus estudios (en la Universidad Metodista de Dallas, promoción de 1990), la bulliciosa y cada vez más rubia Valerie Caruth se abrió camino hasta Nueva York y conoció a Roger Corbett, quien para entonces llevaba seis o siete años embarcado en una carrera simplemente aceptable en Wall Street, y cabe suponer que era dueño de algo más que unos cuantos trajes y corbatas buenos.

Pero Roger no era un tiburón, como muchos de los jóvenes futuros socios de Goldamn Sach o Morgan Stanley. No pertenecía a la *crème de la crème*. Son pocos los que forman parte de ella, no lo olvidemos. (Yo mismo me di cuenta hace mucho de que, en mis días más inspirados, en el mejor de los casos me limitaba a rozar la superficie de la *crème*.) Pero en Wall Street puedes ser un payaso y hacer mucho dinero si estás en el lugar y el momento adecuados, por ejemplo Estados Unidos en los años ochenta y noventa. Y parece ser que Roger hizo mucho dinero. En 1994 él y Valerie se mudaron al barrio Orienta de Mamaroneck: se instalaron en Cove Road, en una casa de seis habitaciones que compraron por poco más de dos millones de dólares. Sus nombres aparecían en los informes anuales de varias organizaciones benéficas y, aunque no estaban entre los benefactores más generosos, sus donativos eran respetables.

Roger y su hijo, Timothy, salieron en un artículo sobre un equipo local de *lacrosse* de la liga juvenil. En una foto a color se veía que el pelo castaño de Roger empezaba a clarear, y en la tripa, el pecho y la cara se le notaban los kilos de más. El chico, que parecía un buen muchacho, cogía el palo de *lacrosse* con entusiasmo. El nombre de Valerie Corbett empezaba a aparecer como «copresidenta de campaña» en varias organizaciones benéficas cercanas. Roger daba dinero a varios candidatos políticos locales y nacionales, republicanos y demócratas. Las sumas no reflejaban una coherencia ideológica, sino más bien una adherencia a las expectativas de otros, probablemente sus jefes. El nombre de su esposa apareció en un reportaje sobre una empresa local de paisajismo llamada Green

Acres, en el que se la citaba diciendo: «Decidimos que el viejo estanque era demasiado pequeño, de modo que, después de construir el nuevo, contratamos a Green Acres para que lo rediseñara todo: el jardín de estilo francés, las plantas que rodean el estanque y la zona para barbacoa. Realizaron las obras con pulcritud y puntualidad. Estamos encantados con los resultados».

La carrera de Roger sorteó la debacle de las acciones tecnológicas de 2000, pero las cosas no acababan de irle bien. Él y su mujer vendieron la casa de veraneo que tenían en Cooksey Drive, Seal Harbor, Mount Desert Island, Maine, y poco después él cambió de empleo y empezó a trabajar en otro banco de inversión. Cuando uno cumple cuarenta cinco o cuarenta y seis años en esta ciudad, tiene que estar seguro de pisar terreno firme. Roger duró dos años en el nuevo empleo y se pasó a otra empresa. Su nombre aparecía a continuación como uno de los ocho gestores de cartera de un nuevo fondo de inversión libre llamado Goliat Partners Event Dynamics y Global Sector Fund, fundado a comienzos de 2006 y domiciliado en las Bahamas. ¿Había llegado el día de recoger el fruto de su trabajo? Muchos de los fondos de inversión libre habían estado negociando apalancamientos financieros como locos, pidiendo créditos para comprar los títulos hipotecarios que parecían tan lucrativos y que resultaron ser desechos tóxicos financieros. Parece ser que no duró mucho, porque un año después Roger era socio de una nueva empresa de Internet. Aunque no soy experto en fondos de inversión libre (¿quién lo es? Los tipos que los gestionan desde luego que no), supuse que lo habían echado o que el fondo había quebrado. ¿Y si había advertido a sus colegas que estaban asumiendo demasiados riesgos y se habían deshecho de él por catastrofista? O tal vez había sido al revés.

Fuera como fuera, Roger se convirtió en socio de la empresa de Internet, lo que me hizo pensar que había invertido dinero propio en el negocio. No se mencionaba su anterior empleo como gestor de cartera del fondo de inversión libre. La nueva empresa consistía en el establecimiento de franquicias inmobiliarias *on-line* que debían proporcionar análisis de mercado «personalizados y sumamente elaborados» a los posibles compradores de viviendas de gama alta. A mí me sonaba a cantos de sirena, y, visto lo ocurrido en el negocio inmobiliario en 2007, dudo que hubiera tenido alguna posibilidad, por brillante que hubiese sido la idea. De cualquier modo, la página web de la compañía ya no estaba activa e imaginé que había quebrado.

Mientras tanto, la casa de Cove Road se vendió por 4,4 millones, y su mujer reapareció en San Diego como presentadora de un programa de cocina de la televisión por cable de acceso público. Su nombre aparecía también en una página web de recaudación de fondos para un gran hospital local; en una de las fotos de la página se la veía junto a un cirujano cardiovascular de unos sesenta años, alto y de aspecto bastante atlético, que sonreía maliciosamente a la cámara mientras la cogía por la cintura con naturalidad. Examiné más de cerca la foto. En la expresión de su cara se leía: «Voy a disfrutar de esta mujer esta noche y tú no». Tenía tan buen aspecto que me pregunté si tomaría hormonas de crecimiento humano, como algunos de mis viejos colegas de la compañía, que creían en ellas a pies juntillas y se aseguraban de que todos entendiéramos por qué, je, je. A sus cuarenta años, Valerie Corbett seguía teniendo una silueta encantadora, incluso más que antes, si cabía.

¿Cuántos hijos tenían Roger y su esposa? Hicks había hablado de «hijos». Y los hijos cuestan dinero. Los Corbett habían vendido la casa por más de cuatro millones de dólares, y probablemente tenían algunos millones más en fondos de jubilación y ahorros. Pero con los divorcios desaparecen enormes sumas de dinero: los abogados, los gastos de las dos casas. Y es posible que pidieran créditos sobre el valor de la casa para levantar la empresa de Internet. Eso era lo que la gente solía hacer con toda tranquilidad en aquellos años. Hace tan poco y al mismo tiempo hace tanto... Eso podría haberse tragado varios millones fácilmente.

¿En qué situación dejaba todo eso a Roger? Era difícil decirlo. Su rastro por Internet había desaparecido el pasado verano. Su último rastro lo había dejado en la guía de páginas blancas, donde encontré un R. Corbett en Broome Street, en Bajo Manhattan. Comprobé el mapa; estaba cerca de Orchard. Eso era todo; a partir de entonces Roger había dejado de ser virtual y existía sólo en el mundo real.

Apagué el ordenador y revisé mis notas. Los retazos de información que había encontrado en Internet describían un arco triste, pero en absoluto excepcional. Roger Corbett, criado con todas las ventajas económicas y educativas, era un joven de capacidad media que se había caído del feliz tren del capitalismo estadounidense. Tal vez el origen de sus dificultades habían sido los problemas conyugales, o tal vez la víctima de lo ocurrido había sido su matrimonio. Caí en la cuenta de que podía localizar a su ex mujer y hacerle unas cuantas preguntas indiscretas que preferiría no contestar.

A la mañana siguiente encontré la tarjeta que me había entregado Hicks y llamé a Roberto Montoya. Oí ruido de maquinaria, tal vez un taladro. Luego cesó.

—¿Sí?

Me identifiqué y dije que estaba revisando los asuntos de Roger Corbett en nombre de su familia.

—Sabía que iba a recibir esta llamada —dijo él soltando un suspiro—. Sólo era cuestión de tiempo.

—¿Sería posible que nos viéramos?

—Estaré en el parque American Legion el sábado por la mañana. Tengo un partido a las once. Si quiere hablar, vaya antes.

Le pregunté dónde estaba el American Legion.

—Supongo que no es usted de Brooklyn.

—No.

—Tome la Belt hasta Canarsie Pier, suba Rockaway Parkway y siga por Seaview. Una manzana después lo encontrará a la derecha.

—Gracias —dije.

—No me las dé —advirtió—. Aún no he hecho nada por usted, y puede que siga así.

El sábado siguiente por la mañana le dije a Carol que iba a dar una vuelta en coche por Brooklyn.

—¿Cómo? ¿No vas a estar en casa cuando llame Rachel?

Nuestra hija nos llamaba cada sábado por la mañana desde la universidad. Teníamos ese ritual. Su primer año había sido un poco azaroso —chicos, profesores duros— y las llamadas la habían ayudado. Los exámenes del primer trimestre se acercaban y queríamos seguirlos de cerca. Carol sacudió la cabeza.

—¿Sabes, George? Todo este asunto de Roger Corbett, esta expedición psíquica, es una lata. Te estás comportando de una forma muy extraña.

—¿Sí?

—¿No te parece?

—Ahora que lo dices, sí.

—¿Y qué crees que significa?

—Dímelo tú, ya que tantas ganas tienes de hablar de ello.

Pero Carol, movida por la rabia, exactamente la misma sensación que me dominaba a mí, tardó unos instantes en responder.

—No voy a perder más tiempo con esto, George. Ya estás perdiendo tú bastante por los dos.

Me alegré de salir temprano, porque el papa estaba en la ciudad, colapsando el tráfico. Atajé hasta la FDR, crucé el puente de Brooklyn a gran velocidad, tomé la Brooklyn Queens Expressway y seguí por la Belt Parkway. Ante mí se elevaba el puente de Verrazano, y los grandes buques cisterna rojos avanzaban por el río a mi derecha. La gente que vive en Manhattan suele olvidar lo enorme que es Brooklyn (si es que lo ha sabido alguna vez) y que se pueden recorrer veinticinco kilómetros por las entrañas del barrio antes de llegar a Queens.

Entré en los campos de American Legion tras cruzar una valla de tela metálica. El aparcamiento estaba atestado de minifurgonetas y deportivos utilitarios, y vi a dos árbitros poniéndose el equipo. Me acerqué a la casa club, situada en el centro de cuatro campos de béisbol. Hacía tiempo que no vaciaban las papeleras. Los campos se extendían justo debajo de las trayectorias de vuelo del aeropuerto JFK y los jumbos los sobrevolaban cada pocos minutos.

En cada uno de los cuatro campos había algún equipo entrenando, todos integrados en su mayor parte por chicos negros o latinos. Encontré a Roberto Montoya en la base meta, bateando la pelota a tres jugadores. Tenía el

41

pecho y los hombros musculosos, como muchos de los entrenadores de béisbol, y manejaba el bate con un golpe perverso y eficiente. Su equipo se llamaba East New York Diamond Kings. Su uniforme era de un rojo y verde intensos, y le daba al equipo un aspecto bastante profesional, con los zapatos, los calcetines, las muñequeras e incluso las bolsas de deporte a juego. Montoya me vio tras la barrera trasera, lanzó unas cuantas pelotas más y entregó el bate a otro entrenador.

—¿Es usted el tipo que me llamó?

Asentí. Me estrechó la mano sin convicción.

—La familia de Roger Corbett me ha pedido que investigue las circunstancias que rodearon su muerte.

—Lo atropelló ese camión de la basura en Elizabeth Street —respondió Montoya.

—Así es.

Se arremangó los pantalones de béisbol.

—¿Entonces qué hay que investigar?

—Dejó asuntos sin resolver.

Hizo una mueca, como si algo le hubiera dejado mal sabor de boca.

—¿A qué dijo que se dedicaba usted?

—Soy abogado de seguros.

Eso pareció aliviarlo.

—Se lo pregunto porque, verá, a veces la gente se vuelve un poco loca, se...

—¿De qué conocía al señor Corbett?

—¿Yo? Era su conserje. Me ocupo del edificio.

Era, por tanto, una relación aceptable. Me pregunté por qué Hicks, el detective privado, se había mostrado tan misterioso sobre la identidad de Montoya.

—¿Conocía a Roger Corbett?

—En realidad, no. Sólo nos saludábamos. Era callado y no daba problemas.

—Estoy buscando a alguien que lo conociera bien.

—¿Ha preguntado a su novia?

—No. ¿Quién era?

—La dama de Checoslovaquia. Vive en el mismo edificio.

—¿Cómo se llama?

Hizo una mueca.

—Uf. Tiene un nombre difícil de memorizar.

—¿Es el conserje del edificio y no sabe cómo se llama?

Me miró.

—Verá, aquí jugamos con bates de madera. La ciudad de Nueva York ordenó que todos los equipos universitarios cambiaran los bates metálicos por unos de madera por motivos de seguridad, para evitar los lanzamientos excesivamente potentes. Me gusta, porque un partido con bates de madera es béisbol de verdad. Tienes que cuidar hasta el último detalle, has de impulsar las bases por bolas, no puedes dejar pasar ningún batazo bajo. Verá, en un partido con bates de madera todo cuenta. No se puede fingir. La única razón por la que admitieron los bates metálicos al principio es que los bates de madera se rompen. Los chicos los rompen continuamente. Hoy mis chicos romperán uno, tal vez dos. Un buen bate, un Sam Bat o un Mizuno, cuesta cien dólares. Hasta un bate malo puede costar cincuenta dólares. Verá, muchas de las familias de estos chicos no tienen dinero, y nuestra organización...

Saqué la billetera.

—Tal vez podría hacer una pequeña aportación a su club de bates.

—Sería muy bien recibida.

Le di cien dólares.

Se quitó la gorra roja y verde, miró la visera y extrajo un papel. Lo desdobló.

—Aquí tiene.

Era una fotografía a color de veinte por veinticinco, humedecida por el sudor. Aparecía en ella la mano de una mujer vuelta hacia arriba, con un número de teléfono y el nombre Eliska Sedlacek escrito debajo. Qué extraño. Estudié la mano un poco desconcertado.

Montoya sonrió al ver mi interés inmediato. Al parecer, había empleado bien mi dinero.

—Verá, cuando eres conserje, la gente siempre te hace preguntas. Hay que estar preparado.

Se volvió y, a voz en grito, les dijo a sus chicos que se metieran en la caseta. Habíamos acabado.

Habían llegado los árbitros y los padres se estaban acomodando en sus tumbonas plegables de lona. Me habría gustado quedarme y animar al equipo de Montoya, pero tenía que localizar a esa tal Eliska Sedlacek, la novia de Roger Corbett. Me pregunté si su encantadora viuda, que últimamente aparecía cogida del brazo de un cirujano rico de San Diego, sabía de su existencia. Tal vez. Pero eran posibles muchas cosas. Eliska Sedlacek. Un nombre que no había aparecido en mi búsqueda por Internet. Pero ¿por qué iba a aparecer? Para bien o para mal, probablemente para mal, Roger Corbett había dejado atrás su vida pasada antes de abandonar definitivamente su existencia.

III. Cinco tiros seguidos

En mi profesión, se suele tratar con propietarios de negocios independientes que, como colectivo, son resueltos, seguros, listos y trabajadores. A los veinte y treinta años todavía no se han metido en líos. No sólo no han amasado aún capital ni contactos suficientes para montar negocios a gran escala, sino que —lo que es más importante— el mercado todavía no los ha maltratado lo bastante como para empezar a aprender a tomar atajos. Son los empresarios de más edad, los que tienen entre cuarenta y cincuenta años, los que empiezan a aspirar a recompensas más grandes. Enganchados a los apalancamientos, envalentonados por éxitos pasados, o simplemente conscientes de que el tiempo corre en su contra, empiezan a hilar más fino en sus estrategias. Piden todavía más créditos, estrechan las manos de desconocidos que no les convienen, cierran acuerdos ventajosos con los amigos, dejan de ser remilgados con el papeleo. Para entonces es muy probable que estén tirando de un carro cargado de responsabilidades: mujer, hijos, hipotecas, matrículas escolares, todo lo habido y por haber. No quieren tener líos, pero muchos de ellos los tienen, y, a medida que sus opciones se reducen, empiezan a ser presa del pensamiento mágico. Su razonamiento acostumbra a ser el siguiente: «Haré una sola cosa que no debo, engañaré a toda esa gente con mis mentiras entusiastas, estafaré a esa gran entidad sin nombre, y luego, después de haber escapado de un penoso destino, no volveré a hacerlo, lo juro... A menos que sea realmente necesario».

En una ocasión me pasé una semana entera en un motel de Wheeling, Virginia Occidental, intentando comprender por qué un hombre que era dueño de una fábrica de muebles de madera había prendido fuego al negocio que su padre y su abuelo habían tardado sesenta años en construir. Había decidido que no podía competir con las fábricas de China y Vietnam, que hacían las mismas sillas y mesas de madera que él por una undécima parte del coste. Con el fin de que el incendio fuera creíble, había sacrificado todos los archivos y los recuerdos de la compañía, entre ellos la mecedora que le habían hecho al presidente Dwight Eisenhower con motivo de su visita a la ciudad. ¿Cómo es posible que un hombre (y que no quepa la menor duda de que la mayoría de las personas que cometen fraudes de seguros de alto nivel son hombres) decida hacer algo así?

A pesar de que los fracasos empresariales de Roger Corbett probablemente no eran consecuencia de ninguna ilegalidad, desprendían un tufo de silenciosa desesperación, de modo que me pregunté si Corbett había estado intentando llegar a algún trato que pudiera sacarle de su situación la noche que lo mataron por accidente al salir del Blue Curtain Lounge. ¿Por qué sino había estado tanto tiempo allí sentado? Tal vez Eliska Sedlacek lo sabía. Llamé al número que había escrito en el papel que me había dado Montoya: no contestó nadie y dejé un mensaje.

Al día siguiente volví a llamar y dejé otro mensaje. Nadie me devolvió la llamada.

Esa noche, a las once, frustrado por la sensación de estar estancado, me puse el abrigo.

—¿Adónde vas? —preguntó mi mujer.

Se estaba preparando el café para la mañana siguiente.

—Me voy de bares. —Y se lo expliqué.

—Llevas una vida desenfrenada.

—Oh, vamos.

—¿Sabes algo de bares?

—No.

—¿No te enseñaron nada en la facultad?

Miré el reloj.

—Si Roger Corbett pagó con tarjeta de crédito, el recibo estará en los archivos del bar. Los guardarán para asegurarse de que las compañías les pagan lo que es debido. Es una información importante para ellos. Si pudieras acceder a ella, sabríamos lo que Roger gastó esa noche, y si estaba borracho o no. Suponiendo que estuviera solo.

—Si pagó en efectivo, la teoría no sirve.

—Es cierto —dijo ella.

—Y no habré tenido suerte.

—No, desde luego.

Carol tenía en los ojos una mirada inconfundible, su mirada.

—¿Estás insinuando que me iría mejor si esta noche me quedara en casa?

—Nunca se sabe —murmuró ella—. La suerte va y viene.

Era cierto, pero necesitaba irme.

—Vuelve en taxi, por favor —dijo Carol.

—Tranquila.

Estaba teniendo conmigo más paciencia que nunca, pensé.

47

—Y vuelve a una hora decente.

—De acuerdo.

—Y no bebas mucho.

Cuarenta minutos más tarde me encontraba en el centro. El Blue Curtain Lounge estaba situado en el extremo noroccidental de la manzana de Elizabeth Street. Me detuve en la acera de enfrente hasta que localicé la cámara de seguridad que había captado los últimos segundos de la vida de Roger Corbett. Estaba fijada en la pared, a unos seis metros por encima de la acera: era un ojo electrónico encubierto que registraría mi entrada en el local. Es realmente desalentador saber que allá adonde vayamos habrá una cámara que nos esté grabando; en la ciudad hay miles de ellas, algunas pertenecientes a ciudadanos particulares, otras a pequeños negocios o grandes empresas y, por supuesto, muchas instaladas por la policía. Es un hecho; mi propia hija, Rachel, no ha conocido una época en la que no hubiera cámaras públicas.

Inspeccioné la intersección pavimentada de Prince con Elizabeth buscando algún rastro del accidente que había tenido lugar diez semanas atrás: una mancha de sangre seca, huellas de neumáticos... Pero, por supuesto, allí no había rastro alguno de que nada extraño hubiera pasado, de que la vida de un hombre se hubiera quebrado como una rama. Escalofriante, pero en absoluto sorprendente. Cuando se lleva un tiempo viviendo en Nueva York, es inevitable enfrentarse continuamente con la indiferencia de la ciudad física. La gente ha trabajado, perdido, ganado, vivido y muerto en todas partes —todas las calles, manzanas y edificios—, y pocas veces hay algo que reconozca esa lucha. No hay más que fijarse en los bloques de oficinas iluminados: miles de personas pululan en su interior todos los días, miles de vidas que se están agotando minuto a minuto. Yo soy una de esas personas, por supuesto, aunque prefiero no pararme a pensarlo.

Abrí la puerta del Blue Curtain Lounge. El lugar tenía el punto justo de penumbra misteriosa y sensual. Había mucha gente para ser un día laboral por la noche, y toda la clientela parecía tener unos diez años menos que yo.

—¿Qué le pongo? —me preguntó un camarero con la cabeza afeitada.

Pedí una cerveza y miré alrededor. Si hubiera tenido que pasarme cuatro horas en un lugar tan ruidoso, habría elegido uno de los cómodos reservados en los que se apiñaban grupos de cuatro o cinco personas. Los chicos parecían alegres y me hicieron pensar en mi hija, que sin duda había frecuentado lugares como ése. Cuando eres padre de un adolescente en Manhattan, tarde o temprano acabas enterándote de que cualquier adolescente puede conseguir alcohol fácilmente, sobre todo en los restaurantes indios del East Village y Chinatown.

Me bebí la cerveza despacio, y luego me tomé otra, leyendo con calma el *Daily News* de aquel día. El papa lo había hecho lo mejor posible el día anterior, bendijo el hueco del World Trade Center y fue al estadio de los Yankees por la tarde. Hacia medianoche, tal como esperaba, el bar se fue vaciando. La gente tenía que trabajar al día siguiente. El camarero me vio mientras observaba marcharse a la gente. Era la clase de tipo que podía llamarse Mort.

—Ahora que ha examinado el local, ¿qué le parece? —preguntó, sirviéndome otra cerveza.

—La última vez que estuve tanto tiempo en un bar todavía se podía fumar en él.

—Sí, yo pensé que lo echaría de menos —dijo Mort—, pero es mejor así. Viviré unos meses más.

Miré a Mort directamente a los ojos. Me miraba ferozmente, con los labios fruncidos y los brazos cruzados.

—Quiere saber por qué estoy aquí.

—Conozco mi clientela. Usted no forma parte de ella.

—Hace unas diez semanas un tipo estuvo aquí sentado cuatro horas, luego salió a eso de la una y media y lo atropelló un camión de la basura.

El camarero me miró fijamente. Ni lo confirmó ni lo negó.

—Estoy investigando en nombre de su familia.

—¿Y?

—Quería saber si estuvo usted aquí esa noche y si podría decirme algo.

—No es el primero que pregunta —concedió él.

—Puede que haya hablado con un tipo alto de pelo gris llamado Hicks. Un detective privado. Abrigo largo, actitud fría. Mira a la gente con ojos muertos.

Mort asintió.

—Fue uno de ellos.

—¿Ellos?

—Fue el tercer hombre con quien hablé.

—¿Quién fue el primero?

—Un policía, esa misma noche. Quería saber si me había parecido que el tipo tenía inclinaciones suicidas, si alguien lo siguió hasta la puerta, si había algún testigo de lo que había ocurrido, esa clase de cosas.

—¿Quién fue la segunda persona que preguntó?

—No sé por qué debería decírselo.

—Puede que no haya un buen motivo.

A Mort le gustó la respuesta.

—Siga preguntando.

—Se llamaba...

—Roger Corbett. De cincuenta y pocos años, un cliente reciente. No bebía mucho. Sólo cerveza. Eso fue un lunes por la noche. Yo estaba aquí, sí.

—Hasta aquí, bien.

—Entró con una mujer alta y esbelta. Hablaba con acento.

50

Alemán o sueco, o algo así. No se me dan muy bien los acentos, porque tengo el oído destrozado de trabajar aquí. Estuvo un rato con ella, cenaron algo tarde, tenemos la cocina abierta hasta las once y media, y luego ella se fue. Era algo estrafalaria.

—¿En qué sentido?

—Llevaba guantes dentro del bar. No se los quitó.

—¿Eso es todo?

—No me gustó, pero a lo mejor es sólo un problema mío.

—¿Y qué pasó cuando se marchó?

—Él se quedó sentado leyendo el periódico, las noticias de deportes y todo eso. Para matar el tiempo, supongo, como usted esta noche. Una hora más o menos. Luego llamó por el móvil. A eso de la una y cuarto. Habíamos empezado a recoger. No había mucho movimiento. A esa hora bajamos la música y tratamos de poner a la gente en su sitio, para que esté fuera a eso de las dos. La mayoría de las peleas de los bares estallan a partir de la una, según mi experiencia. De modo que el hombre habló un rato por el móvil y escribió algo en una de nuestras servilletas. Hasta hablamos de ello.

—¿Qué le dijo?

—Me vio mirarlo y, cuando colgó, me dijo: «Mi vida es cada vez más extraña». Yo dije: «¿Qué ha pasado?». En este trabajo das palique a la gente, para que no decaiga el negocio. Él dijo algo así como: «Estaba casado y vivía en un barrio residencial. Y mírame ahora». Y yo dije: «¿Tenía un gran tractor cortacésped rojo?». Y él: «Ahora que lo dice, sí. De dieciocho caballos. Eso lo dice todo».

—¿Y qué pasó?

—Entonces pagó...

—¿Con tarjeta? —lo interrumpí, recordando la pregunta de mi mujer.

—No, con un puñado de billetes. Los dejó y...

—¿Dónde estaba la servilleta en la que había escrito?

—En su mano.

—¿Vio lo que había escrito en ella?

—No.

—¿Y luego?

—Luego se puso el abrigo, quizá se metió la mano en el bolsillo, como usted, para asegurarse de que todo seguía allí, las llaves, el móvil y demás, y salió del bar. Y unos cuarenta y cinco segundos más tarde alguien entró corriendo y dijo que un camión de la basura había atropellado a un hombre.

—¿Salió a verlo?

Mort desvió la mirada. Me pareció que estaba tratando de tomar una decisión: no tanto si responder o no a mi pregunta, sino algo más crucial. Dejó dos vasos en la barra, los llenó de vodka, me puso uno delante y se echó el otro al gaznate, de un trago. Yo inspeccioné el mío, vi que Mort me estaba esperando e hice lo propio.

—Sí, salí y miré, y lamenté haberlo hecho. —Se llenó el vaso de nuevo y me sirvió otro a mí—. No soy un tipo duro. Para serle franco, llevo una vida tranquila. Mi hijo es autista y es un infierno para mi mujer. —Mort apuró el vaso y tosió—. El trabajo me permite estar fuera de casa, ¿sabe? Ya tengo suficientes desgracias en mi vida, no se las deseo a nadie. No sabía con qué me iba a encontrar, y, cuando salí, vi a ese tal Corbett, o lo que quedaba de él. Es algo que no quieres recordar, por muchas películas de terror que hayas visto.

Apuré el vodka y pensé que allí se acababa todo. Al fin y al cabo, soy bebedor de vino tinto. Pero estaba seguro de que Mort se serviría uno más. Sonrió con tristeza, luego levantó de nuevo la botella y rellenó los dos vasos. Los entrechocamos en un brindis.

—Gracias, Mort.

—¿Quién es Mort?

—Tú.

Sonrió.

—Si tú lo dices. Supongo que es un buen nombre.

Y bebimos. Por alguna razón, este trago lo noté en los ojos.

—Te diré dos cosas —dijo Mort, con el vodka audible en su voz—. Primero, creo que esa tía estrafalaria de los guantes está en apuros. No sé qué problema tiene, pero me lo dice mi detector de cosas raras de camarero.

Me caía bien, de modo que saqué la billetera y dejé en la barra dos billetes de cincuenta, uno al lado del otro.

—Mort, quiero pagarte todas las copas que hemos bebido. ¿Es suficiente?

Él sacudió la cabeza.

—No.

—¿Cómo?

—Estás pagando de más.

Volvió a servir los vasos. Nos los bebimos. Luego saqué una tarjeta y escribí en ella el número de mi móvil.

—¿Estás tratando de ligar conmigo?

—Por si acaso.

—Olvidas algo.

—Seguramente.

—En serio.

—De momento lo recuerdo todo, pero supongo que ya lo olvidaré.

—Has olvidado la segunda cosa que iba a decirte.

—Es verdad. Había olvidado eso.

Sirvió dos vasos más. Yo no quería seguir bebiendo, pero comprendí que no me quedaba otra opción si quería oír lo que tenía que decirme. Me lo bebí.

—Bien —dijo Mort. Él también vació su vaso—. Se trata del segundo tipo que vino, después del policía y antes de ese Hicks alto. Me has preguntado quién era.

Entonces me acordé vagamente.

—No era lo que diríamos un tipo afable. Ancho, pesado... Un armario. Pero eso era lo de menos.

Mis ojos querían dormir durante un par de semanas.

—¿Y bien?

—Conocía a la señorita Guantes y él también estaba interesado en ella.

Eso me espabiló.

—¿Por qué?

—No lo sé. El que hacía las preguntas era él, no sé si me entiendes. —Mort el camarero formó una pistola con el pulgar y el índice, y se señaló la sien—. Así que yo que tú trataría de evitar a ese tipo.

Lo pillé. Me puse el abrigo, salí por la puerta y me detuve. Al otro lado de la calle estaba la cámara de seguridad, una fea Cyclops con un casco metálico que lo veía todo aun sin saberlo. La estúpida tecnología me observaba. Era una sensación horripilante: esa misma cámara había capturado los últimos momentos de Roger. Alcé el puño y lo sacudí ante la cámara. Pillaste a Roger, pensé, pero no me vas a pillar a mí.

—¿Qué pasó? —me preguntó mi mujer a la mañana siguiente.

Recordaba que había logrado volver a casa en taxi, pero poco más.

—Me emborraché con Mort, el camarero.

—Roncabas tan fuerte que parecías el triturador de basura.

Me pregunté si esa comparación era posible.

—George, ¿era realmente necesario que salieras y te emborracharas?

Lo pensé.

—Creo que sí.

Carol estaba a punto de marcharse enfundada en uno de sus trajes de lana negro. No los distingo.

—¿Descubriste algo que justifique todo lo que me has hecho sufrir?

Tardé unos instantes en recordar. El señor armario, el dedo de la pistola en la cabeza.

—Sí.

Mi mujer esperaba expectante, pero preferí guardar silencio. Y no sería lo último que le ocultaría.

A la mañana siguiente, Eliska Sedlacek me llamó por fin a mi oficina, pero yo estaba atendiendo otra llamada. Otro caso de un hombre de mediana edad desesperado. ¿Por qué hay tantos en Estados Unidos? El reclamante tenía un gran astillero y un puerto náutico en Pensacola, Florida. Ese lugar, tal vez lo recuerden, fue arrasado en 2005 por el huracán Dennis. En esa ocasión, el asegurado, un hombre llamado Otto Planck, había presentado una reclamación por la pérdida de su velero de veinticinco metros valorado en 2.238 millones de dólares, el *Becky's Best Boy*. Había tratado desesperadamente de alejarlo a remolque del peligro, pero no lo consiguió. Finalmente la guardia costera tuvo que rescatarlo en una balsa salvavidas y, según afirmaba nuestro hombre, el barco había sido engullido por las aguas. A nuestro investigador de seguros local le preocupaba el estado de un fragmento del casco de teca del *Becky's Best Boy* que había aparecido en una playa cercana, tras ser arrastrado por el mar. Se había roto por la parte exterior, contra la curvatura, al parecer con gran fuerza. Nuestro investigador también averiguó que hacía unos años Otto Planck había recibido entrenamiento como miembro del comando especial SEAL de la armada. Sabía cómo hacer volar algo y cómo sobrevivir en condiciones climatológicas extremas. El barco, construido en 1923 por un modesto industrial británico (y bautizado sin duda con un nombre más majestuoso), era valioso, pero habría resultado difícil venderlo de nuevo, teniendo en cuenta las reparaciones a las que había que someterlo.

No era un caso fácil de seguir, pero dimos un gran paso cuando averiguamos que Otto Planck acababa de pagar 300.000 dólares para optar a la compra del terreno adyacente a su puerto deportivo a dieciocho meses. Sobre el papel era un hombre rico, pero el puerto deportivo no era lo bastante rentable y él estaba endeudado hasta las cejas. Era pues razonable preguntarse de dónde pensaba sacar los dos millones de dólares necesarios para comprar el terreno. El problema era que la destrucción del bien había ocurrido en el mar, sin otros testigos. Habían quedado registrados la hora y el lugar de la tormenta, y el rastro de su trayectoria apenas abarcaba la situación del presunto hundimiento. Si había hundido el barco a propósito, se había dirigido voluntariamente al ojo del huracán. Cuando me disponía a preguntarle a nuestro experto en reclamaciones marítimas qué altura mínima deben tener las olas para tragarse un barco de veinticinco metros de eslora, mi secretaria, Laura, apareció en mi puerta y dijo que Eliska Sedlacek había vuelto a llamar. Le pedí que me pusiera con ella.

—Señor Young. No entiendo por qué quiere usted hablar conmigo.

Tardé unos instantes en olvidarme del huracán de Pensacola y concentrarme en la investigación que estaba llevando a cabo en nombre de la madre de Roger Corbett. Le expliqué que, según tenía entendido, había tratado a Roger Corbett los últimos meses de su vida y que lo había visto la noche que lo mataron. ¿Podía hacerle unas preguntas?

—De acuerdo. Hablaré con usted si sirve de algo.

Sugirió tomar un café esa misma tarde. Sabía que se sentiría más cómoda si no quedábamos cerca de donde ella vivía, de modo que propuse un local situado en la esquina noroeste de Broadway con Bleecker. Podría ir a pie. El restaurante había ido cambiando de nombre a lo largo de los años, pero su principal atractivo seguía siendo el mismo: una gran cristalera a través de la que se veía pasar el mundo. La clase de local en el que te sientas a comer un pedazo de tarta y te pones a pensar en cosas importantes que luego olvidas.

—¿Cómo la reconoceré?

—Llevaré guantes —dijo ella.

Llegué cinco minutos antes y encontré una mesa. Eliska Sedlacek llegó diez minutos después. Era una castaña esbelta, muy alta, de unos veinticinco años, y llevaba gafas de sol y un largo abrigo rojo. Y, en efecto, también guantes. Todo era alargado en ella: las piernas, el torso, los brazos, el cuello. Hice un pequeño ademán y me estudió un momento antes de acercarse. Tal vez el traje y la corbata le parecieron tranquilizadores.

—Me temo que no puedo darle la mano. Soy modelo de manos y debo protegérmelas.

Nos sentamos. Pedí café y un pedazo de tarta; ella pidió un zumo de arándanos. Le expliqué que la madre de Roger me había pedido que averiguara algo sobre su hijo.

—No sé por qué hablo con usted... La verdad es que a él no le gustaba mucho su madre.

—¿Por qué no le gustaba?

—Creía que era mentirosa.

Pensé que ya volvería más tarde sobre ello.

—¿Hacía mucho que salía con él?

—Salimos nueve o diez meses.

—No mucho entonces.

Ella desvió la mirada. Su cara era alargada y huesuda. No era nada atractiva, más bien poco agraciada, salvo por los ojos, de un azul pálido. Era cauta, recelosa.

—Fue una relación muy intensa para mí, una de las más intensas que he tenido.

Me sentí alentado por esa afirmación.

—¿Por qué?

—Porque él sufría mucho. En las relaciones entre hombres mayores y mujeres más jóvenes normalmente hay un desequilibrio. Él tiene el dinero o el poder o algo así. —Bebió un sorbo de zumo con vacilación—. Pero a Roger no le interesaba eso. No se comportaba como el clásico hombre mayor.

A menudo los hombres mayores les pagan cosas a sus parejas más jóvenes..., extraoficialmente, por supuesto.

—¿Y qué te ofrecía a ti?

—Buena pregunta. Era, cómo lo llaman, un prototipo, el prototipo norteamericano. Entendía muchas cosas de este país que a mí, como checa, se me escapaban. Era un hombre con mundo. Si le preguntabas cómo funcionaba un fondo de inversión libre, te lo explicaba. ¿Cómo funciona la banca de inversión? ¿Por qué es tan importante el tipo de interés federal? Él sabía todas esas cosas.

Traduje: aunque Roger pasara estrecheces, Eliska olía en él el dinero.

—Pero mucha gente sabe esas cosas.

Ella se encogió de hombros.

—Además, echaba de menos a su padre, que murió

hará unos cinco años. Roger tenía la sensación de que desconocía muchas cosas de su padre, y de que su madre, que las sabía, no quería decírselas. Tuvo una discusión muy fuerte con ella.

—¿En qué estado de ánimo lo dejó usted la noche que murió?

Ella inhaló y miró hacia arriba.

—Estuvimos un rato en el bar. Cenamos algo. Yo quería irme a casa porque tenía que coger un avión muy temprano al día siguiente, pero él quería esperar para hacer una llamada.

—¿Por qué quiso esperar en el bar? Podría haberlo hecho en cualquier otra parte.

—La calefacción en nuestro edificio dejaba un poco que desear.

—¿Hizo la llamada? —Debió de quedar registrada en la factura de su móvil.

—Supongo que sí. No lo sé. Yo me fui a casa y me dormí.

—¿Sabe a quién llamó?

—No.

—¿Cuándo se enteró de que había muerto?

—Eso fue lo terrible. A la mañana siguiente me desperté y no estaba en mi apartamento.

—¿Cada uno tenía las llaves del apartamento del otro?

—Sí. Éramos amantes, estábamos muy unidos. Me desperté y no estaba en mi cama. Lo llamé por teléfono, pero no contestó, y luego tuve que irme. Me esperaban en Londres para un trabajo de modelo para joyas y relojes caros. Tal vez estaba enfadado conmigo, no lo sé. Pensé que lo llamaría desde el aeropuerto, y lo intenté, pero tampoco contestó, y luego tuve que coger el vuelo de las ocho cincuenta y cinco a Londres, y, por supuesto, fue un viaje muy largo y no pude llamar. Al final, en cuanto llegué a Londres, volví a intentarlo, pero tampoco contestó. Estaba muy preocupada. El trabajo, sin embargo, era largo, ya sabe, de cinco o seis días. Llamé una y otra vez, pero no contestó; siempre me salía el contestador. Y cuando volví, me enteré de que había muerto.

—¿Qué fue de sus cosas, sus papeles, facturas y demás?

—No lo sé.

—Pero usted tenía la llave de su apartamento.

—La ex mujer fue y contrató a alguien para que lo limpiara todo. Nadie me pidió mi opinión. Todos los libros, los papeles, la correspondencia, los muebles. El gerente me dijo que ella había ido unos días más tarde.

—¿Le abrió él la puerta?

—¿Qué iba a hacer? Roger estaba muerto, alguien tenía que asumir la responsabilidad.

—Volvamos a la vida personal de Roger.

—Yo estaba al corriente de todo. Él me contaba lo mal que le iban las cosas. Su mujer vendió la casa.

—¿La conoció usted?

—No, pero la vi. Muy bronceada y rubia. Fue al funeral con los dos hijos.

Había olvidado eso.

—¿Usted también fue?

—Sí.

—¿Sabía la ex mujer que usted era su novia?

—Puede. Me miró una vez. Me senté en los últimos bancos de la iglesia. No hablamos.

—¿Cabe la posibilidad de que Roger se suicidara? ¿De que se arrojara a las ruedas del gran camión de la basura?

—No. Le iban mal las cosas, ya sabe, pero creo que era optimista.

—¿Por qué?

—Tenía un nuevo proyecto en marcha.

—¿Qué clase de proyecto?

—No me lo dijo.

—¿Tal vez debía hacer una llamada de negocios?

—No lo sé.

—¿Cuánto dinero tenía?

Vi que reflexionaba. Todas las respuestas posibles daban información sobre ella.

—No mucho. Sólo hay que ver el edificio donde vivía.

Eso significaba que no tenía dinero, o quizá sólo se estaba refugiando.

—Bueno, digámoslo de otra manera —dije—. ¿Le preocupaba de dónde vendrían los próximos cientos de dólares? ¿O le preocupaba de dónde vendrían los próximos cientos de miles de dólares?

Eliska Sedlacek asintió.

—Tenía dinero. Una vez vi su cartilla y tenía ochenta y ocho mil dólares en la cuenta.

Tal vez era mucho dinero para ella, pensé. Pero para un hombre que había trabajado en Wall Street, que había sido propietario de una casa tasada en millones, no era nada. Si tuviera que especular, diría que después del divorcio abrió una cuenta corriente a su nombre, pero no una cuenta de ahorros. Lo que sacó con la venta de su casa y con la división del resto de los bienes habría ido a parar a la nueva cuenta.

Cuando trabajaba en la Oficina del Fiscal del Distrito en Queens, aprendí unas cuantas preguntas de relleno para mantener una conversación viva. Utilicé una.

—¿Qué es lo que más le importaba a Roger?

Eliska movió las manos enguantadas. Esperaba que respondiera: «Sus hijos», pero no lo hizo.

—Quería saber quién había sido su padre cuando él era joven. Decía que había sido una pérdida de tiempo en la vida de su padre, y que nunca hablaba de ello. Decía que había papeles que necesitaba, pero que no podía conseguir.

—¿Papeles personales?

—Supongo. Dijo que se alegraba de que su padre hubiera muerto antes de que le pasaran todas esas cosas. Pero también que lo echaba de menos, y que cuando uno de tus padres muere y todo queda por resolver, el hijo nunca está tranquilo. —Eliska parecía triste—. A esto me refiero cuando digo que fue una relación muy intensa. Aprendí mucho, porque no era un veinteañero que no sabe... ¿cómo se dice? Algo sobre misa...

—¿De la misa la mitad?

—Eso es. ¿Me comprende?

—Creo que sí.

—¿Conocía usted a Roger? —me preguntó.

—Puede que coincidiera con él en alguna ocasión, pero no lo conocía.

Eliska me estudió frunciendo el ceño.

—Tenía la sensación de que lo conocía usted —me dijo.

Fue un momento extraño. Si hacía un instante había dudado de la autenticidad de su dolor, dejé de hacerlo.

—Lo siento, pero no.

Podríamos haber dejado allí la conversación, pero algo me atormentaba.

—¿Qué pasó con la llave?

—¿Qué llave?

—La de su apartamento.

—Se la di al gerente. —Examinó mi tarta, luego se obligó a desviar la mirada—. Me preguntaba si sabe usted qué hizo con las cosas de Roger su ex mujer.

—No.

—Tengo curiosidad, porque podría haberme dejado algo.

—¿Como qué?

—Cosas personales, ya sabe. Nada importante.

Dejé reposar la afirmación. La ex mujer había hecho limpiar el apartamento con bastante rapidez; ¿había encontrado algo que señalara la presencia de otra mujer? Tal vez, pero ¿qué? Me pregunté sobre la factura de móvil de Roger Corbett.

—¿Qué pasó con la correspondencia de Roger? —pregunté—. ¿Adónde fue?

Hasta ese momento Eliska me había parecido una joven serena y al menos superficialmente sofisticada que viajaba de Estados Unidos a Europa, pero mi pregunta minó su autodominio.

—No lo sé —se apresuró a decir—. Podría preguntar al gerente.

—¿Cómo se llama? —dije, poniéndola a prueba.

—Es... No lo veo muy a menudo. No estoy segura.

—¿Qué aspecto tiene?

—No me acuerdo muy bien.

—Pero usted le dio la llave.

—No..., bueno, sí, sí, por supuesto.

—¿Han alquilado el piso a otra persona?

Ya de joven, cuando Patton, Corbett & Strode me mandaba tomar declaración a alguien, ya fueran reclamantes, testigos o funcionarios locales, aprendí, sin ser del todo consciente, que las personas mienten. Ya lo creo que mienten. Sueltan mentirijillas con una sonrisa en los labios, hablan dando rodeos con lágrimas en los ojos, inventan patrañas mirándote fijamente, perjuran con monótona convicción y disimulan con recatada indignación. Había acorralado a Eliska Sedlacek contra un muro de preguntas y ahora ella mentía en casi cada afirmación que hacía, y cuando le dije: «¿Han alquilado el piso de Roger Corbett a otra persona?», pareció comprender que eran ya tantas las mentiras que había dicho que éstas habían formado una especie de masa crítica e insostenible: sus falsas respuestas estaban potencialmente en conflicto entre sí, y el riesgo de ser descubierta era cada vez mayor. Se levantó bruscamente y dijo:

—Buenas noches. Tengo que irme. No puedo ayudarle más.

Salió por la puerta y echó a andar hacia el sur por Broadway, con el cabello ondeando a su espalda; se notaba que estaba impaciente por irse. La observé alejarse. Luego me di cuenta de que me quedaba un último bocado de tarta.

La pregunta, supuse, era por qué había querido hablar conmigo. Había sufrido a lo largo de todo el interrogatorio, inventando respuestas cuando era necesario. ¿Qué interés tenía? La gente que quiere algo, por lo general, acaba pidiéndolo. ¿Había pedido algo ella? Sí. ¿Qué había dicho? «Me preguntaba si sabe usted qué hizo con las cosas de Roger su ex mujer.» ¿Por qué era tan importante para ella?

IV. Caballitos de juguete
y botas de *cowboy*

Pasaron dos semanas. Vi la grabación de la muerte de Roger casi cada noche hasta que Carol expresó su incomodidad.

Luego Valerie Corbett, la ex esposa de Roger, la mujer que aún conservaba sus curvas, llegó de pronto a la ciudad. Me lo comunicó su ex suegra, la señora Corbett, que me llamó a la oficina y me dejó un mensaje. Le devolví la llamada y quedé en ver a Valerie el siguiente lunes. A Carol le pareció un avance interesante que no podía ser casual.

—Tenemos a un ex marido muerto, a su madre enferma, a su novia checa y ahora a su ex mujer —dijo mientras los dos nos preparábamos para ir a trabajar.

—Las mujeres están obsesionadas con él.

—Eso es un análisis típicamente masculino —replicó ella—. En realidad creo que están obsesionadas unas con otras.

—¿Qué quieres decir con típicamente masculino? ¿Puedes describirlo?

—Sí. Indescriptible. —Se terminó el café y añadió—: Recuerda que esa pobre mujer probablemente sigue conmocionada.

* * *

Era un día soleado y radiante, y quedé con Valerie Corbett a la hora de comer, en la entrada del Columbus Circle de Central Park. No parecía conmocionada. En absoluto. Se acercó a mí con brío. Era una mujer de unos cuarenta años, bronceada y en forma. Con esos brazos musculosos autoesculpidos de los que tanto se enorgullecen las mujeres de su edad y posición. Y quería que la miraras y apreciaras su esfuerzo por mantenerlo todo firme y en su sitio. Así lo hice, mientras recordaba la foto del cirujano canoso de San Diego que la tenía cogida por la cintura.

—¿Señor Young?

Nos sentamos en uno de los bancos del parque.

—Como sabe, Diana Corbett me ha pedido que investigue las circunstancias que rodearon el accidente que acabó con la vida de su primer marido.

Ella asintió, y su actitud me hizo pensar que estaba dominada en igual medida por el dolor y la determinación.

—Estoy tratando de ser positiva y cuidar de mis hijos —dijo—. Así que si esto ayuda a Diana, adelante.

—No hay duda de que fue un accidente, pero la señora Corbett parece resuelta a averiguar qué tenía en la mente su hijo antes de morir.

—Entiendo. Quiero darle sinceramente las gracias por seguirle la corriente.

Su voz conservaba un deje del Georgia de su niñez.

—Tengo un par de preguntas.

—De acuerdo.

—Estoy intentando averiguar qué pasó con las cosas de su... de Roger después de morir.

Ella esperaba la pregunta, lo vi.

—Bueno, nos deshicimos de casi todas nuestras pose-

66

siones cuando nos divorciamos. Todo lo de valor fue al Oeste en el camión de mudanzas. Roger quiso que yo me lo quedara. Creo que pensaba que si todo permanecía junto tendríamos alguna oportunidad.

—¿Debo entender que fue usted quien pidió el divorcio?

Ella asintió con tristeza.

—Él se instaló en ese piso diminuto de Little Italy. Creo que le gustaba lo escuálido que era, ¿sabe? Sólo estuve allí una vez, después de su muerte.

—¿Retiró sus pertenencias?

—Pagué a una compañía de mudanzas para que lo llevara todo a un guardamuebles.

—¿Revisó sus cosas?

—No. Le eché un vistazo al piso y tiré la comida de la nevera. Era un apartamento muy pequeño. Ver todo eso me entristeció profundamente. La ropa olía a él, lo que...
—Dejó el pensamiento inacabado.

—Entiendo. —Había limpiado el apartamento de mi madre hacía unos años y recordaba la escalofriante sensación de olerla entre sus cosas.

—El gerente me abrió la puerta. Le dije que era la ex mujer de Roger y que me iba a encargar de todo. Tuve que pagarle para tener acceso. No discutí. Roger no tenía muchas cosas, unas treinta cajas en total. Ropa y papeles, la mayoría propaganda.

—¿Cuántos días después de su muerte se ocupó de ello?

—A los pocos días. Estaba en estado de shock, pero necesitaba acabar con eso. Ya había empezado con los preparativos del funeral y actuaba de forma mecánica. Teníamos que llamar a sus viejos amigos y colegas. La verdad, estaba medio aturdida. No estuve ni veinte minutos en el piso.

—¿Qué hay de la correspondencia?

Suspiró.

—Tiramos lo que había en una caja junto con todo lo demás. No había gran cosa, sólo facturas. Todo lo importante, como lo relacionado con Hacienda, iba directamente a la oficina de su abogado.

—Entonces vació el lugar sin mirar realmente...

—No supe manejarlo. Lloré todo el tiempo que estuve allí. Los encargados de la mudanza lo hicieron todo, cerraron las cajas con cinta adhesiva y las bajaron al camión.

—¿Y qué hizo con las llaves de ese guardamuebles?

—Se las di a su madre. Son tres: una tarjeta de acceso y dos llaves de candado. Ése es el sistema que utilizan. Necesitas la tarjeta para acceder desde el ascensor a la planta adecuada. Estuve allí unos treinta minutos para ver cómo lo colocaban todo en la pequeña habitación y firmar los papeles. Supongo que todos esos trastos pertenecen en teoría a Diana, puesto que nos divorciamos. No había allí nada de valor, señor Young. No quiero nada.

Sin embargo, la novia checa de su ex marido quería algo de esa habitación. No se lo dije.

—Supongo que cuando se firmó el convenio, no hace mucho, hubo una rigurosa enumeración y distribución de los bienes conyugales.

Si quiere expresarlo así... No le quedó mucho dinero después del divorcio.

—¿Le dijo a Diana Corbett dónde estaba el guardamuebles?

—Ella tiene los papeles y las llaves, si no se las ha dado ya a usted. Tenía muchas cosas en la cabeza. Fue muy duro para ella. Todavía lo es, por supuesto. Yo pagué por adelantado un año entero con mi tarjeta de crédito, por si no se ocupaba nadie de ello enseguida. Si las cosas están un año allí sin que nadie se moleste en revisarlas, ya no es problema mío. Me quedé todas las fotos y las cintas de vídeo de cuando Roger y yo éramos más jóvenes. Eso es lo que me importa.

—¿Puedo preguntarle cómo es su relación con Diana Corbett?

—Esencialmente triste.

—¿Por qué?

Valerie abrió las manos, como si la respuesta fuera obvia.

—Bueno, ya sabe, es la abuela de mis hijos. Está muy enferma. Y los niños han perdido a su padre y ahora tal vez la pierdan a ella.

De pronto me sentí fatal por obligarla a pasar por eso.

—¿Por qué está haciendo esto? —me preguntó, notando sin duda mi falta de convicción.

—El señor Corbett me dio trabajo en su compañía.

—Entiendo.

Me estudió con interés. Yo hice lo propio y me fijé en lo nítido que era el blanco de sus ojos, a menudo una señal de excelente salud. Nos quedamos mirándonos, creando una intimidad un tanto desconcertante, hasta que ella dijo por fin:

—El padre de Roger era todo un personaje.

—Ya lo creo.

—¿Conocía usted a Roger?

—No, que yo recuerde.

Valerie sonrió avergonzada.

—Da la impresión de que le conocía un poco. Aunque él nunca le mencionara.

Eliska Sedlacek había dicho algo parecido.

—No —dije por fin—. Su ex marido estuvo fuera hasta tarde, haciendo tiempo para llamar a alguien. ¿Tiene alguna idea de por qué?

Valerie sacudió la cabeza.

69

—No lo sé... Roger trataba de averiguar quién era. Estaba desorientado. A la deriva. Había perdido la seguridad en sí mismo. Lo pasamos muy mal.

—Me he fijado en que cambió de trabajo varias veces.

—Sí, al principio pensó que era una gran oportunidad, pero eso mismo pensaron todos. Todos querían montarse en el dólar y creo que lo dejaron fuera. Entonces tuvo que buscarse un empleo, cualquier empleo, y su situación se volvió un poco desesperada. Le pregunté por qué no se dedicaba a lo de antes, pero dijo que era demasiado mayor, que estaban empezando todos esos jóvenes y que cobraban la mitad de lo que él habría estado ganando.

Volví a darle las gracias.

—Un momento. Deje que le haga una pregunta —dijo Valerie—, ya que me ha hecho usted tantas.

—De acuerdo.

—¿Tenía novia Roger?

Hice un gesto de asentimiento.

—Creo que sí.

—¿La ha conocido?

—Sí. Es checa.

—Ya —dijo tristemente encogiéndose de hombros—. A lo mejor le hizo feliz.

Pasaron un par de días antes de que pudiera ir al guardamuebles. Tuve que ocuparme primero de que Diana Corbett pusiera mi nombre en la lista de autorización, y, además, surgieron distracciones: Carol diciendo que teníamos que hacer planes para las vacaciones; los Yankees jugando de pena; reclamantes insistiendo en que sus pérdidas eran legítimas; Carol preguntándome qué pensaba de que nuestra hija fuera de excursión con el equipo de voleibol de la universidad; reclamantes insistiendo en que nuestros interrogatorios eran un abuso legal; los Yankees dando signos de recuperación.

Al final cogí el metro y me dirigí a la calle Diez. Había esperado que el edificio tuviera el aspecto de una fábrica cubierta ya con infinitas capas de pintura, pero en realidad olía a nuevo y tenía los suelos pulidos de un hotel recién acabado con cierto parecido a una prisión de mínima seguridad. Llevé los papeles en regla y las tres llaves, y el encargado me hizo señas para que pasara. La tarjeta de acceso me permitió bajar a la tercera planta y seguí los letreros hasta llegar al trastero que había alquilado Valerie Corbett.

Por el pasillo me crucé con gente que aumentaba o disminuía sus pertenencias almacenadas: libros sin leer, zapatos gastados y curvados, abrigos de invierno, jaulas para gato, bicicletas estropeadas. Pasé por delante de un espacio lleno de archivadores, otro repleto de máscaras y estatuas africanas, otro abarrotado de cientos de lienzos pintados. En el último había maniquíes con uniforme militar.

Abrí los candados. En el interior había un espacio bien iluminado de unos tres metros y medio de fondo por tres de ancho. Los últimos efectos personales de Roger Corbett estaban amontonados en el centro: era evidente que Valerie había alquilado demasiado espacio. Claro que para mí fue una ventaja, porque pude desplazar los objetos con mayor facilidad.

Saqué una gorra de los Yankees del montón. ¡Era un seguidor como yo! Me puse la gorra y empecé a hurgar en las pertenencias de Roger. Buscaba las facturas de móvil más recientes para averiguar a quién había estado llamando los meses antes de morir, pero era imposible no revolver como un mirón en todo lo demás. Puse a un lado los muebles; eran baratos y estaban destartalados: los había comprado de segunda mano como mínimo. Después de los muebles, lo más grande que había era una bolsa de palos de golf. Había un juego con un monograma muy caro, símbolo de tiempos mejores. Saqué el *driver* e hice un *swing*, despacio. Era perfecto para mí. Al parecer Roger y yo éramos de la misma estatura. El *putter* también me iba de maravilla. Saqué los demás palos para ver si había algo en el fondo de la bolsa, y, en efecto, encontré varios DVD pornos (todos de una mujer asiática rubia con un apodo islámico), el mando de una puerta de garaje y una botella de menta. ¿Restos de un matrimonio burgués solitario? No tenía forma de saberlo.

Separé el resto del contenido en cuatro categorías: papeles, libros, ropa, efectos personales y, para acabar, utensilios de cocina y cosas sueltas. Luego retiré lo que imaginé que pertenecía a Eliska Sedlacek: una novela escrita en alemán, dos sujetadores de seda bastante sofisticados (talla 85), un cepillo de cerdas largas y una gran bolsa transparente con una caja de guantes de látex y un bote de crema francesa cara. ¿Debía llevármelas? No me gustaba la idea de llegar a casa con ellas. Podía oír a mi mujer: «¿Por qué tienes que traer a casa los sujetadores de otra mujer?».

Tenía razón. Los dejé a un lado.

Por supuesto, lo que más me interesaba eran los papeles de Corbett. Me senté en el suelo y les presté toda mi atención. No había facturas de móvil. Pero encontré una agenda que decidí guardarme para examinar más tarde, varias cartas de su abogado que detallaban las condiciones del convenio (el tono daba a entender que era un divorcio más o menos amistoso, sin obstáculos por parte de los abogados de Valerie Corbett) y copias de los informes escolares de sus hijos con fecha de enero. Un hijo y una hija. Los dos eran estudiantes de sobresalientes y notables, y tal vez se esforzaban por adaptarse a su nuevo entorno. Lo último era una factura por la compra en Internet de una guía de páginas blancas de Manhattan que estaba pegada a la misma guía. La había comprado apenas una semana antes de morir. Y era cara, además. ¿Para qué la querría? Tal vez podría preguntárselo a Eliska Sedlacek.

Las cajas no parecían tener mucho interés, pero aun así las revisé. Dentro había sobre todo libros, revistas y zapatos, entre los cuales encontré unas botas de caminar casi nuevas que me gustaron. Yo llevaba unas zapatillas de deporte gastadas y no pude resistir la tentación de quitármelas y ponerme las botas de Roger Corbett.

Parecían muy cómodas.

Até los cordones y caminé. El resto del contenido parecía más o menos genérico, y me limité a echarle un vistazo rápido. Sin embargo, había cinco pesadas cajas repletas de adornos de Navidad: trenes, caballos de juguete, botas de *cowboy*. Estaban mezclados con pequeños soldados de juguete de unos ocho centímetros de altura. El material metálico parecía barato. Había tantos en las cajas que me pregunté si Roger había estado importándolos para venderlos. Cogí uno de los caballos de juguete: «Made in China», leí en el vientre. En alguna parte había leído que China dominaba la industria de adornos de Navidad, que había ciudades enteras dedicadas a fabricarlos. Me guardé una bota de *cowboy* y un caballo de juguete en el bolsillo para enseñárselos a mi mujer. Luego me fui, con la gorra de un hombre muerto en la cabeza y sus botas en los pies.

Al volver a casa llamé a Valerie Corbett.

—He olvidado hacerle una pregunta. Cuando vació el

apartamento de Roger, ¿encontró facturas de móvil entre su correspondencia?

—No lo recuerdo. Lo metí todo en las cajas.

—¿Tiene su viejo número de móvil?

—Por supuesto. Un momento.

Dejó el auricular. Al cabo de un momento volvió y me dio un número. Lo apunté, le di las gracias y colgué. Luego llamé al número, esperando que estuviera fuera de servicio. Pero, después de varios timbrazos, me salió un mensaje: «Éste es el contestador de Roger Corbett. Muchas gracias por llamar, pero en estos momentos no puedo atenderle. Estoy deseando hablar con usted, así que, por favor, deje sus datos. El ingenio y la sabiduría también son de agradecer».

Tenía una voz amistosa. Hasta me resultó algo familiar. Pero era muy extraño que, meses después de su muerte, su móvil siguiera operativo. O la compañía telefónica había cometido un error o alguien estaba pagando la factura. ¿Por qué?

—Había cajas llenas de esto. —Le di a mi mujer la bota de *cowboy* y el caballito de juguete.

—¿Cajas?

—Cinco como mínimo.

Carol examinó la cara del caballo.

—Es bastante feo.

—¿Por qué un hombre con un máster en administración de empresas por Dartmouth tendría en su piso cajas llenas de adornos navideños tan cutres? Aunque también había otras cosas.

—¿Cómo esos zapatos? —preguntó señalándome los pies.

—Son buenos, ¿verdad?

—¿Has cogido los zapatos de un muerto? ¡Vamos, George!

—Son unas botas estupendas. Me van perfectas.

—¿Y dejaste allí tus zapatos viejos?

—Sí.

Carol sacudió la cabeza con desdén. Me alegré de no haber llevado a casa los encantadores sujetadores de seda de Eliska Sedlacek.

—Todo este asunto está empezando a afectarte. Hablo en serio.

—Es raro, lo reconozco.

Carol me estudió durante unos instantes; luego su expresión se suavizó.

—¿Has revisado sus papeles?

—Sí. No había gran cosa.

—¿Sabes? —dijo—. He visto la grabación en que Roger es arrollado por ese camión frente al Blue Curtain Lounge.

—Muy desagradable.

—Pero tengo una pregunta.

—¿Cuál?

—Si vivía en Broome Street, debía de dirigirse allí, ¿no cree?

—Según su novia, sí. En Broome con Orchad.

—Entonces ¿por qué al salir del bar torció a la izquierda, hacia el norte de Elizabeth? —preguntó—. Broome queda al sur.

No había caído en ello.

—Sólo hay una explicación —continuó Carol—. Se dirigía a las afueras. Eso es lo que harías si fueras a coger un taxi en Houston Street o el metro hacia Grand Central.

—¿Por qué iba a querer ir Roger a Grand Central?

—No querría, ésa es la cuestión. Pero por un momento se dirigió allí mecánicamente.

Comprendí lo que quería decir.

—Porque allí era donde solía coger el metro para ir a su casa.

—Empezó a andar en esa dirección, luego recordó que ya no vivía allí.

—Vivía en el centro.

—Vivía en ese triste apartamento del centro, se había divorciado y ya no estaba con su mujer y sus hijos, todo eso. Por un momento, el pobre se había olvidado de eso y, de pronto, lo recordó.

—Y dio media vuelta, retrocedió, y entonces...

—Sí —dijo Carol, con la mirada desenfocada, como si pensara en Roger—. Es un detalle que me ha llamado la atención.

A veces sucede algo que me recuerda que mi mujer es más inteligente que yo. Ésa fue una de esas veces.

v. El dentista de las estrellas

La agenda de Roger de ese año empezaba con las últimas semanas del anterior. Después de Navidad, había algunos días en los que se leía «niños con mamá», seguidos por un par de días en los que había escrito «niños en La Guardia». Vi varias citas con médicos, cada una precedida por «llamar a mamá para recordárselo». Así que se trataba de los médicos de su madre, a la que acompañaba sumisamente a sus visitas. Recordé que yo mismo había hecho lo propio con la mía hacía unos años; la fase final de médicos en la relación progenitor-hijo no resulta muy divertida. El 31 de diciembre había una reserva para dos en el Jean Georges, nada más. No tenía gran cosa que celebrar con la llegada del nuevo año.

Los márgenes del calendario de cada semana también le servían como hoja de contabilidad, y observé que había estado retirando mil dólares cada mes de una de las cuentas bancarias. Después de pagar el alquiler, la comida, el teléfono y otros gastos, no le quedaba mucho para vivir holgadamente, sobre todo si pasaba tiempo con su novia checa. Me había parecido que Eliska Sedlacek era la clase de mujer con la que un hombre de más edad

77

gastaba dinero. Había dos días señalados como importantes: el 28 de enero y el 11 de marzo. Al parecer debía de celebrar algún tipo de entrevista, el 28 de enero con una compañía de inversión en el Rockefeller Center, no muy lejos de donde yo trabajaba, y el 11 de marzo en el Harvard Club. Saltaba a la vista que había estado tratando de recuperarse, algo que, a su edad, no resultaba tan fácil, y mucho menos en la coctelera en que se había convertido la economía norteamericana. La cita del 11 de marzo no llegó nunca a celebrarse, porque para entonces Roger ya estaba muerto y enterrado.

Me interesó particularmente la anotación que se repetía cada viernes: una hora, las dos de la tarde, y una dirección: 150 Lexington. ¿Adónde iba el desempleado y desgraciado Roger Corbett cada viernes? ¿A yoga? ¿Al psiquiatra? ¿A acupuntura? ¿A clases de cocina? Era demasiado interesante para ignorarlo.

El siguiente viernes hice un gran hueco en mi agenda y me subí a un taxi a la una y media. Me dejó en la esquina de la calle Treinta con Lexington Avenue. En el número 150, en el extremo oeste de la avenida, había una tienda llamada Old Print Shop. Abrí la puerta y me sumergí agradablemente en el siglo XIX: era una habitación profunda y silenciosa con las paredes cubiertas de grabados y mapas antiguos, y bonitas vitrinas de madera en las que había expuestos aún más mapas. Media docena de clientes miraban con reverencia, hojeaban los grabados sin enmarcar o esperaban que un miembro del personal profesional abriera un archivo plano. Incluso el aire olía a viejo, aunque tal vez no era más que el polvo de los mapas antiguos que se amontonaban en la habitación.

—Disculpe —empecé a decirle al hombre que estaba

detrás del mostrador—, ¿es posible que alguien de aquí recuerde el nombre de Roger Corbett?

—No me suena. ¿Es coleccionista?

—No. Venía aquí cada semana a esta hora.

—¿Cómo dice que se llamaba?

—Roger Corbett.

—Había un Corbett que hacía excelentes mapas de Londres a finales del siglo XVIII —señaló algo distraído—. Pero no es lo que...

—Conozco ese nombre —dijo una voz a mis espaldas—. Conozco a Roger Corbett.

—Ah, doctor Greenfeld —dijo el dependiente.

Me volví y vi a un hombrecillo de unos setenta años apoyado en un bastón. Le faltaba el brazo izquierdo y llevaba la manga vacía sujeta con un imperdible a la camisa.

—A veces se reúne aquí conmigo a esta hora.

Me presenté.

—Me temo que debo darle una mala noticia.

Se la di, resumida. No dijo nada, pero parpadeó varias veces. Luego dejó que la mirada se desplazara hacia el dependiente.

—¿Ha dicho que tenía el Dripps de 1848?

—Por supuesto.

Seguí al doctor Greenfeld hasta la trastienda, donde el dependiente abrió un cajón ancho de un archivador y sacó un mapa alargado y ornamentado del Bajo Manhanttan con fecha de 1848 que, al parecer, indicaba la situación de casi todas las iglesias, lugares de encuentro, comisarías, estaciones de bomberos y rutas de ferry hacia Brooklyn y Nueva Jersey, y los largos muelles de madera que se adentraban en los ríos Hudson y East. El mapa de la ciudad apenas alcanzaba la calle Cuarenta. Era un objeto hermoso, que en otro tiempo había sido sin duda de gran utilidad, dada la minuciosidad y precisión en que se había realizado, pero que ahora parecía envuelto de cierto halo de misterio, pues describía una ciudad que había desaparecido hacía mucho.

—Precioso —dijo Greenfeld. Inspeccionó el precio y añadió—: Caro, pero precioso.

—Está en buen estado. Casi no hay manchas.

—No puedo contradecirle.

El dependiente esperó; su silencio repentino era como un cronómetro que se pone en marcha. Greenfeld me pasó su bastón, como si fuera su ayuda de cámara privado de toda la vida, se sacó una lupa del bolsillo y se inclinó sobre el mapa. Me pareció que prestaba especial atención a los pliegues.

—Hay una pequeña reparación —señaló—. Bien hecha.

—Sí —dijo el dependiente.

Greenfeld se irguió.

—Por favor, enmárquemelo como el de Colton de 1855, también en mate, con cristal ultravioleta.

—Muy bien.

Cogió el bastón que le había estado sosteniendo.

—Gracias por permitirme mi pasión semanal. Soy adicto a los mapas y, después de la muerte de mi mujer, enloquecí. Ahora me limito a pasar una hora a la semana en este establecimiento. Sabe dónde se encuentra, ¿verdad?

—¿En la Old Print Shop?

—Es la mejor tienda de mapas y grabados de todo el hemisferio norte, amigo mío. La meca de los coleccionistas de mapas. Ah, en Manhattan hay otros vendedores muy buenos, como Richard Arkway, Martayan Lan, Donald Helad, todos ellos extraordinarios..., pero yo prefiero este lugar. ¿Acaso tiene un anciano un modo mejor de sentirse joven que rodearse de objetos mucho más viejos que él?

No respondí.

—Ahora hábleme de Roger.

Le expliqué mi misión y que había visto las entradas de su agenda.

Greenfeld asimiló mis palabras, parpadeando cada pocos segundos.

—Quedábamos para hablar. Informalmente, pero con gran determinación. Verá, conocí bastante bien a su padre.

—Creo que Roger había iniciado una búsqueda personal para entenderlo.

Greenfeld asintió.

—Es usted un buen detective.

—Bueno, en realidad soy abogado.

—¿Sí? ¿Dónde?

Le sostuve la puerta abierta mientras salíamos de la tienda.

—En Patton, Corbett & Strode.

—¡Ah! —dijo Greenfield, con un reconocimiento aún mayor—. ¡Entonces habrá conocido personalmente al viejo Wilson Corbett!

—Sí, pero yo sólo era un joven abogado.

Greenfeld me lanzó una mirada.

—Una dínamo.

Paseábamos bajo un cielo gris y el bastón añadía un golpeteo a nuestros pasos.

—¿Está familiarizado con la teoría psicoanalítica jungiana?

—En líneas generales.

—Baste decir que Wilson siempre era él mismo y al mismo tiempo no acababa de ser quien decía ser.

—¿Cómo lo sabe?

—Lo sé. Compartimos piso cuando estudiaba en la facultad de Derecho, hasta el día que se casó. Yo salí con varias chicas guapas en aquella época. Pero Wilson era el mago. Las chicas aparecían y desaparecían continuamente. Incluso después de casarse con Diana. Casi con cuarenta años. Era algo patológico. No podía evitarlo. También lo pagaba caro, en todos los sentidos.

—¿Cuáles?

—No quiero ser muy concreto, por respeto a su memoria.

—Por supuesto —dije, decepcionado.

—Sólo puedo decirle que rompía el corazón de las chicas y el suyo, que dejó embarazadas a unas cuantas y que tuvo que pagar para sacarlas del apuro, lo que en esa época era algo bastante ilegal y a veces peligroso. Creo que todo ello le hizo mucho daño. Vivió atormentado por su propia promiscuidad juvenil hasta una edad tardía.

—¿Cuál era su especialidad en medicina?

Greenfeld gruñó.

—Iba a ser psicoanalista, pero terminé siendo dentista de estrellas de cine y televisión. Sí, estuve en la cresta de la ola hasta alrededor de los años ochenta. Trabajé para todas las estrellas antes de que aparecieran en los programas de Johnny Carson, Merv Griffin y Mike Douglas. Arreglos, blanqueamiento, fundas, coronas, todo lo habido y por haber. No hacía endodoncias ni caries. Les hice limpiezas a todos: Sinatra, Mailer, Jackie Gleason... Incluso a Lucille Ball una vez que estuvo en la ciudad. Tanteé a Liberace, pero se ofendió, y unas cuantas veces a Karen Carpenter, a John Denver..., ¡a un montón! Ahora están todos muertos. Eran buena gente. Me encantaba. Habría seguido, pero perdí el brazo.

—¿Puedo preguntar cómo?

—La puerta del metro. Fue culpa mía. Me salvó una turista japonesa que me hizo un torniquete con el cinturón de su vestido. Una mujer maravillosa. No quiso atribuirse el mérito. Tuve que llamar al consulado para localizarla y darle las gracias. Pero estuve varios años deprimido. Porque no podía trabajar, naturalmente. No hay mucho trabajo para un dentista manco. Ahora me doy cuenta de que es lo mejor que me pudo pasar. Me obligó a jubilarme diez años antes. Ahora soy un anciano que colecciona mapas.

Un anciano solitario, pensé.

—¿Qué le dijo a Roger?

—Le dije: «Escucha, si de verdad quieres averiguar algo, tienes que hablar con otras personas que lo conocieron». Como Charles Weaver, la pareja de póquer de su padre. Él era el verdadero depositario de sus secretos, no yo. Vive en Queens y se cree el Donald Trump de Floral Park. Y Roger fue a verlo. —Greenfeld hizo una pausa—. El pobre estaba perdido, buscando fantasmas.

—La ex mujer parece haber reanudado su vida sin problemas.

—Yo no diría tanto. Lo parece, pero está hecha polvo por dentro. Tiene un novio médico que le llena la nevera.

—Creía que había mucho dinero. La casa se vendió por... Greenfeld hizo un gesto de negación.

—Roger me lo confesó todo. Perdió millones en una página web ridícula y aún más dinero en un fondo de inversión libre. O tal vez fuera al revés. Todo desapareció: el matrimonio, la familia... —Me miró y, bajando la voz, añadió—: Y ahora él.

En el taxi de vuelta a casa, me quedé absorto contemplando los edificios. Había empezado a llover y, al ver los cristales empañados, me embargó la melancolía. Después de vivir en Nueva York un tiempo, digamos unos veinte años, empieza a resultar el interminable conflicto entre la ciudad que ha sido y la que será. Tal vez ésa fuera la razón por la que Greenfeld estaba obsesionado con sus mapas. Caminas por una calle y de pronto te das cuenta de que lo que había allí ha desaparecido. Eso te hace sentir viejo. Los edificios cambian, adquieren más altura, o los rehabilitan y el barrio se transforma. ¿Recuerdas las avenidas A y B? ¿Los edificios socavados, reducidos a cenizas? ¿Los okupas con rastas, algunos pegando tiros por Tompkins Square Park? Han desaparecido, y probablemente sea lo mejor. Ahora todo son pisos de millones de dólares a los que nadie que esté por debajo de los cuarenta años puede acceder. ¿Recordáis Meatpacking District? ¿Hell's Kitchen? ¿Recordáis el World Trade Center? Por supuesto. ¿Qué hay de la Times Square de los años setenta? Echo de menos todos esos lugares, lo confieso. Pero mi perspectiva es limitada. Soy demasiado joven. Mi madre recordaba el derribo de la estación Pennsylvania, donde ahora se encuentra el Madison Square Garden. Solía leer sobre Nueva York, estudiar su historia. Canal Street era un canal. Byrant Park, una presa. Battery Park se llamaba así por la batería de cañones que colocaron para proteger el puerto. Coney Island fue una isla. La ciudad siempre cambia, y eso me parece triste y desconcertante.

Recuerdo que mi madre lo sentía intensamente, aunque no era neoyorquina de nacimiento. Pero tuvo la sensación de que su vida se había vuelto real cuando se fue a vivir a la ciudad en 1962. Nació y se crió en Columbus, Ohio, estudió tres años en la Universidad de Wisconsin, se casó a los veinte y se fue a vivir a Milwaukee, donde trabajó como secretaria. Se divorció a los veintidós, después de que yo naciera. Nunca conocí al tipo. Nunca tuve oportunidad. Dejó a mi madre y, como no tenía nada mejor que hacer, se alistó en el ejército y acabó en Vietnam, donde tuvo un accidente con una carretilla elevadora y murió. Su familia acusó amargamente a mi madre de su alistamiento y, por tanto, de su muerte, y desapareció. Nunca los conocí.

Mientras tanto mi madre quiso rehacer su vida; se fue a vivir a Nueva York y casi inmediatamente conoció a Peter Young, un burócrata de las Naciones Unidas diez años mayor que ella al que no le importó que tuviera un hijo de dos años. Se casó con mi madre, me adoptó y me dio su apellido, y, con su reducido sueldo, nos mantuvo. Me enseñó a escribir a máquina, a lanzar una pelota con efecto, a utilizar palillos chinos y a afeitarme. Fue lo mejor que nos había pasado nunca: un buen marido y un buen padre, mi verdadero padre, por lo que a mí se refiere. Lo echo de menos, cada día. Lo quería, mi madre lo quería, y él nos quiso: nos dio todo lo que tuvo. Después de una serie de fracasos amorosos, había llegado a una edad en la que había renunciado a tener una familia, de modo que fuimos una recompensa inesperada en su vida. Mi madre y yo sabíamos que éramos esa recompensa, y sabíamos que papá estaba agradecido, porque así nos lo decía. Pero fumaba mucha marihuana, discretamente, en el balcón de nuestro apartamento, y creo que eso le produjo cáncer de pulmón; murió a mediados de los ochenta, cuando yo terminaba Derecho. Estaba a punto de empezar los años perdidos, intentando ser aprendiz de fiscal en Queens, pero todo me hacía sentir mal, entre otras cosas lo mucho que mi madre echaba de menos a su difunto marido.

Fue en esa época cuando me surgió la entrevista en Patton, Corbett & Strode, por recomendación de alguien que tenía relación con la compañía, y, cuando llegué allí, Wilson Corbett en persona me recibió en su despacho y me preguntó por mis estudios y demás. Me contrataron y emprendí mi vida de adulto. Con mi sueldo de Patton,

Corbett & Strode pagué los préstamos de estudios, adquirí mi primer coche y compré el anillo de boda de mi mujer; pagué luego nuestra luna de miel, nuestro apartamento, la factura del pediatra de nuestra hija, las matrículas del colegio, el segundo coche, el tercero y el cuarto; y también el ataúd de mi madre cuando murió hace cuatro años. He pagado toda mi vida con mi sueldo del bufete y estoy agradecido. Muy agradecido. Mi vida podría haber sido totalmente diferente. Podría haberlo estropeado todo, aun antes de que empezara.

Por lo que se refiere a Manhattan, sé que nunca he llegado a ser alguien. No tengo mucho talento, ni mucho éxito, y ya está bien así. Soy un tipo que ha vivido la vida en llano, sin muchas colinas ni valles. Mi mujer sigue mirándome, y nuestra hija es una buena estudiante que cursa sus estudios en una universidad decente. Y todo gracias al viejo Corbett. Así que si su viuda quería cobrarse un viejo favor y me pedía que averiguara lo que le había ocurrido a su difunto hijo, iba a hacerlo. Iba a descubrirlo, fuera lo que fuese. No le había dicho nada de esto a mi mujer, pero no hacía falta. Ella lo sabía. Se trataba de pagar mis deudas. Si la señora Corbett se moría habiéndole dado yo la espalda, pesaría sobre mi conciencia y ya no podría remediarlo. Ya tenía bastantes cosas de las que arrepentirme y no quería añadir una más.

Al dirigirme a las afueras por la Octava Avenida, el taxista dio unos golpecitos en la mampara de plexiglás.

—¿Sí?

—Eh, amigo, ¿está metido en algún lío?

—No, ¿por qué?

—Nos está siguiendo alguien desde que le he recogido. Han salido en cuanto nos hemos puesto en marcha.

Los dos Hicks, el detective privado que había contratado la señora Corbett, y Mort, el camarero de Blue Curtain Lounge, me habían advertido que tuviera cuidado con la gente relacionada con Roger Corbett.

—¿Dónde están?

—No se vuelva. Créame, los he visto. Una furgoneta blanca. ¿Le resulta familiar?

—No.

—¿Qué quiere hacer?

No quería que nadie me siguiera hasta casa.

—¡Vaya al este por la calle Cincuenta!

Le pedí que me dejara en Broadway, donde me bajé después de pagarle. Miré atrás y vi la furgoneta blanca detenerse bruscamente. Malas noticias. Las escaleras del metro estaban a seis pasos de la acera y esquivé a los peatones como ese chico nuevo que juega con los Knicks. Me moví bastante deprisa para lo viejo y lento que soy, y me metí en el metro.

Crucé la barrera y me volví para ver si me seguían. Era difícil saberlo. En el andén me quedé atrás para descubrir quién me vigilaba, y subí al tren justo cuando se cerraban las puertas.

¿Había escapado? Eso parecía.

VI. La historia de la modelo de manos

Eliska Sedlacek quería volver a hablar conmigo y la ansiedad que percibí en su voz cuando me telefoneó unos días después me dio a entender que prefería hacerlo pronto. Quedamos esa misma noche, en el lado norte de Union Square. Cogí el tren R en dirección al centro cuando salí de trabajo. Tenía junto a mí a unos tipos que discutían sobre la reciente dimisión de los tres policías de paisano que habían disparado a un adolescente negro en la puerta de una discoteca. La verdad es que no les escuchaba con demasiada atención; cuando uno ha vivido en Nueva York el tiempo suficiente, estos casos de asesinatos por parte de policías, por desgracia, acaban resultando previsibles, incluida la aparición de los políticos en las noticias; así que, en lugar de aguzar el oído para escuchar en boca de esos hombres lo que los policías sabían o no sabían antes de disparar, preferí concentrarme en el pensamiento de que con suerte llegaría a casa a tiempo para ver las últimas entradas del partido que esa noche los Yankees iban a ganar a los Tigers en su estadio.

Subí las escaleras de la estación de Union Square y me encontré a Eliska esperándome en lo alto, con gafas de sol y las manos enfundadas en unos guantes blancos que le daban un arcaico aire formal. Nos saludamos con torpeza —ella no despegó los brazos del cuerpo— y buscamos un banco.

—Necesito decirle ciertas cosas que no le dije el otro día —empezó diciendo—. Es una historia larga, pero le encontrará sentido. Anoche alguien me llamó y me dijo que tengo un gran problema. Quieren algo que yo no tengo.

—¿Cree que lo tengo yo?

—Bueno, es la única persona que puede conseguirlo.

—De acuerdo. Suéltelo.

Ella frunció el ceño.

—¿Que lo suelte?

—Es una expresión. Significa: diga lo que tenga que decir.

Y eso hizo, al principio a trompicones, luego con cierto alivio, sin quitarse en ningún momento las gafas, así que tuve que mirarle los labios para captar sus sentimientos. Dominaba bastante bien el idioma y su historia era suficientemente clara, una variante de la conocida como Joven conoce a Hombre Mayor. La sorpresa era que el hombre mayor no era Roger Corbett.

Eliska me explicó que creció en un pueblo agrícola de las afueras de Praga. A su padre se le daba bien reparar las transmisiones de los tractores estropeados y su madre trabajaba en una gran panadería. Eliska jugaba en el equipo de baloncesto del instituto y, un día, mientras comía con todo el equipo en un restaurante de Praga después de un partido, una mujer bien vestida se acercó a ella y le preguntó si podía sentarse a su mesa. Dijo que era una cazatalentos que trabajaba para una agencia de modelos de Milán. Aseguró que Eliska tenía unas piernas y unas manos perfectas para los anuncios en los que sólo aparecían esas partes del cuerpo. ¿Le interesaba? Eliska dijo que no lo sabía. ¿Podría seguir jugando a baloncesto? No, dijo la mujer: los dedos se estropeaban. ¿Cuánto ganaban esas modelos? Cuando la mujer se lo dijo, ella jadeó: sus padres trabajaban mucho para conseguir el poco dinero que ganaban. En menos de un mes estaba en Milán haciendo su primer trabajo como modelo. Recibió instrucciones de aplicarse cremas en las manos y de cubrírselas. Cada noche se las untaba de manteca de coco y vaselina, y se ponía unos guantes de látex desechables. Se duchaba con guantes con gomas en las muñecas. A los dieciséis años podía esperar que sus piernas fueran profesionalmente útiles otros cinco años, siempre que no engordara, no se quedara embarazada y no sufriera algún accidente que las llenara de marcas. Pero las manos podían servir hasta los treinta, siempre y cuando las protegiera del sol y no las dañara.

Eliska entregó los primeros sueldos de modelo a sus padres, quienes los utilizaron para arreglar las tejas de cerámica del tejado de la casa y comprar nuevas herramientas para el padre. Ella se sintió bien ayudándolos, dijo, pero su nuevo estatus económico cambió las cosas, sobre todo con su madre.

—Creía que yo miraba con desdén su trabajo, que me creía demasiado buena para ella —recordó—. Creo que sabía que no me iba a quedar en casa y debía prepararse para aceptar la dolorosa separación. Yo sólo era una niña. No entendía qué estaba pasando.

La agencia de modelos le sugirió a Eliska que se fuera a vivir a París, y eso hizo: sus padres tuvieron un disgusto. La agencia la ayudó a encontrar un piso, que compartió con dos jóvenes modelos, un lugar cutre con la pintura desconchada cerca de la Gare du Nord, y pronto descubrió que ganaba lo justo para vestirse y comer bien, nada más. La agencia parecía saber exactamente lo que necesitaba para vivir, y se diría que el sueldo estaba perfectamente calculado para obligarlas a seguir trabajando. Después de hablar con las otras chicas, descubrió que el mundo de las modelos era un sistema de clases brutal; ella ni siquiera estaba en el grupo de las modelos de pasarela menos cotizadas, que competían frenéticas por un sueldo más alto y mayor visibilidad. Luego estaban las modelos de pasarela famosas, criaturas etéreas que parecían hechas de luz y color. Cuando las miraba comprendía por qué siempre sería lo que se conocía como modelo de «partes».

Salía con chicos, o lo que sea que hagan las mujeres jóvenes con los hombres jóvenes. Una noche, estando sentada en un bar con unas amigas, se le presentó un hombre corpulento de casi cuarenta años. Era ruso y no hablaba ni francés ni alemán; se comunicó con ella en inglés, que Eliska hablaba mejor que el ruso. Se llamaba Nikolai Gamov. Como checa, tenía una tendencia natural a desconfiar de los rusos, un pueblo que había controlado su país en los tiempos de la Unión Soviética, pero no pudo evitar encontrarlo encantador. No le importó la diferencia de edad; de hecho, le gustó. Una cosa llevó a la otra, como suele ocurrir, y él no tardó en ir a verla cada vez que estaba en París. Ella llegó a echarlo de menos y, sí, a quererlo. Soñaban con ir a vivir a Estados Unidos algún día. Él estaba cansado del peligro que entrañaba ser un hombre de negocios en Rusia, dijo, y tenía la sensación de que con Putin el país iba políticamente hacia atrás. La gente no se daba cuenta de que el precio del petróleo estaba comprando a Rusia sus ejércitos. Si el precio se mantenía alto, Putin los llevaría a la guerra. Vio lo que les había pasado a sus tíos en Afganistán y a sus primos en Chechenia, dijo. En Estados Unidos uno no tiene por qué estar en el ejército o la marina. Si se dispone de pasaporte norteamericano, no hay ningún obstáculo para viajar y hacer negocios en China, Sudáfrica o la India. Eres libre.

A Eliska le atraía la idea de vivir en Estados Unidos. Nikolai y ella hicieron planes de futuro. Ella iría primero y pediría la nacionalidad. Luego se casarían. Eliska envió su *book* a las agencias de Estados Unidos y se quedó encantada cuando la invitaron a ir para una serie de sesiones fotográficas, entre ellas una para un reloj valorado en 87.000 dólares. Le pidieron que sirviera vino en una copa. Luego hizo de modelo para anillos. Al cabo de unos meses tuvo suficiente trabajo para obtener un visado y alquilar un apartamento barato en la calle Ciento Uno con la Segunda Avenida. Iba y venía de París cada pocas semanas —una existencia ajetreada, pero emocionante—, y en cada viaje Nikolai le pedía que le llevara algo en la maleta. Soldaditos de juguete. Eran pesados y estaban sin pintar, y no parecía que hubieran estado en venta. Había de tres clases: uno arrojando una granada, con el brazo doblado hacia atrás; otro apoyado en una rodilla, apuntando un rifle; y el tercero, gateando por el suelo con un rifle en la mano. Cada vez que Eliska viajaba a Estados Unidos, Nikolai le metía unos cuantos soldados en su equipaje facturado.

—Me dijo que los guardara en una caja y que él se haría cargo cuando fuera a Estados Unidos. A veces me daba adornos navideños, como botas y trenes. Yo llenaba una caja tras otra. En ellas se leía MADE IN CHINA, pero Nikolai me decía que no estaban hechos en China, sino en un pequeño pueblo de las afueras de Moscú, con moldes especiales copiados de los adornos chinos. De ahí era su familia. Su hermano se dedicaba a desmontar coches viejos para venderlos por piezas, también robaba coches, a veces de Europa Occidental, y les quitaba la matrícula. Yo no le hacía muchas preguntas. Su hermano era mayor que él, muy ruso, grueso, y bebía mucho. Creo que no era un buen hombre. Lo conocí en París cuando estaba con Nikolai. Una vez pregunté: «¿Estos adornos son de oro o de plata?», y él respondió: «No». «¿De qué son entonces?» «No necesitas saberlo», me dijo. «¿Por qué estoy haciendo esto?» «Por nosotros, para cuando vivamos en Estados Unidos —dijo él—. Te lo diré más adelante. Confía en mí.» Estuvo intentando entrar en Estados Unidos. París no era ningún problema, pero quería ir a Estados Unidos. Tenía un montón de negocios, así que me dije: «De acuerdo, ¿qué sabré yo de negocios, sobre todo en Rusia, donde hay tanta corrupción?». Por otro lado él me trataba muy bien, me compraba ropa, perfumes y cosas así. A veces me pedía que fuera a París a buscar sus soldados para traerlos aquí, y la mayoría de las veces le decía que sí, que lo haría. Pero una vez, la última, el año pasado, me dijo: «Tienes que venir a recoger una gran caja de adornos. Quiero que vueles de París a Montreal y luego cojas un tren a Nueva York. No registran el equipaje en los trenes». Tuvimos una gran pelea, pero al final le dije que sí. Volé a Montreal, la caja salió por la cinta y la recogí; era muy pesada. Me quedé dos días en un hotel y fui a la agencia para una reunión; luego tomé por fin el tren a Nueva York. Cuando coges un tren a Estados Unidos los agentes de aduanas son muy recelosos, pero yo estaba preparada. Me preguntaron para qué iba a Nueva York. Contesté: «Soy modelo de manos. Tenía una reunión en Montreal y ahora debo atender un asunto en Manhattan». Por supuesto en el tren siempre llevaba puestos los guantes, lo cual era una prueba. Además tenía mi *book* con fotografías profesionales. Pero al agente no le gustó mi respuesta y trajo al perro para que olfateara, luego me llevó a un cuarto y me registró buscando drogas. Pero estaba limpia. Llamaron a la agencia y les dijeron que sí, que iba ahí a trabajar, de modo que me dejaron subir al tren de nuevo. Al llegar a Nueva York cogí un taxi hasta mi piso y decidí no volver a hacerlo nunca más.

»Luego me fui a trabajar. Cuando llamé a Nikolai no me contestó. Le escribí un *e-mail* y nada. Pasó una semana y me puse muy nerviosa. Lloré mucho, incluso trabajando. Luego llamé a mi agencia de París y me dijeron: "Alguien ha dejado recado de que le llames". Era un número de teléfono ruso, lo que me puso muy nerviosa, de modo que busqué una cabina telefónica en una estación de autobuses de la Octava Avenida. Me puse sombrero y gafas de sol, y me quité los guantes. Me disfracé de gorda y me cubrí con un amplio abrigo. Compré una tarjeta sólo para llamar a ese número. Una mujer me respondió: "Creemos que debe saber que encontraron a Nikolai en una habitación de hotel, en Pusan. Lo habían torturado y asesinado de un tiro. Dicen que les robó algo". Yo no sabía dónde estaba Pusan, en Rusia no. Y añadió: "Ciertas personas quieren hablar contigo", y entonces colgué. Estaba aterrorizada. Luego averigüé que Pusan es una ciudad costera de Corea del Sur. ¿Qué hacía Nikolai en Corea del Sur?, pensé. ¿Qué sabía de Corea del Sur? Nunca lo mencionó. No podía volver a París, pero toda la gente que conocía sabía dónde vivía, de modo que me mudé a Broome Street, con mi ropa y todas mis cosas.

—¿Y las cajas de soldados y trenes?

—Lo puse todo en cuatro o cinco cajas y contraté a dos chicos por cuatrocientos dólares para que se ocuparan de la mudanza.

—¿Y el nuevo piso de Broome Street? —pregunté—. ¿Es allí donde conoció a Roger Corbett?

—Sí, él vivía debajo y nos hicimos amigos, ya sabe. Yo

me sentía sola y no me fiaba de nadie, y él era muy norteamericano. Me enseñó fotos de su familia y de sus hijos, y no me pareció peligroso. No le hablé mucho de mí. Pero él era muy dulce. Me gustaba. Me explicó muchas cosas sobre cómo funciona Estados Unidos y dijo que podía ayudarme a encontrar un buen abogado para conseguir la nacionalidad. Le pregunté si podía guardar algunas cosas en su piso y me dijo que sí. De todos modos yo tenía la llave, porque nos veíamos mucho.

—Entonces, ¿llevó las cajas a su piso?

—Sí, las guardé en el armario del fondo; él no le dio más vueltas y yo prácticamente me olvidé de ellas.

No estaba seguro de si creerme que se había olvidado de ellas.

—Un momento. Está diciendo que entró de contrabando esos adornos en Estados Unidos porque se lo pidió su novio. Él no le dijo exactamente lo que eran, pero está claro que alguien se había tomado muchas molestias para fabricarlos. Luego mataron a su novio porque había robado algo, usted se mudó porque tenía miedo y escondió las cajas en el piso de Roger. ¿Y dice que se olvidó de ellas? Vamos...

—Bueno, por supuesto que pensaba en ellas. Sabía que en Rusia alguien las quería. Pero si daban conmigo no las encontrarían en mi piso. No sabía qué hacer. No sabía con quién hablar de ellas. No me fiaba de los rusos de este país. Y pensaba: «He de hablar de esto con Roger, que es muy listo». Pero él tenía otros problemas.

—¿Como cuáles?

—Como que se estaba divorciando y buscando trabajo, cosas importantes.

En general, la historia de Eliska era muy buena; había dinero, sexo y violencia. Me lo creí casi todo. Otra cuestión es si me creí las partes clave.

—Déjeme ver sus manos.

Las apartó.

—¿Por qué?

—Tengo curiosidad.

—Pero no las toque, por favor.

—No se preocupe.

Se volvió hacia mí en el banco donde estábamos sentados, tiró de los dedos de un guante y del otro. Me miró para asegurarse de que entendía que era un gesto de gran intimidad, que sus manos no sólo estaban protegidas, sino que eran una visión prohibida, sobre todo al aire libre de un atardecer de verano. Se quitó los guantes y levantó las manos de forma profesional. Eran bonitas y pálidas, con los dedos sorprendentemente largos. Y, por supuesto, encajaban con el resto de su cuerpo: su cuello y sus brazos, su torso y sus piernas. Giró las manos en el aire, como si en cada una hubiera una fruta invisible. Eran dedos etéreos que sólo tocaban objetos de lujo: diamantes, oro, relojes, la suave superficie de coches que cuestan más que una casa. Tenía las uñas impecables y perfectas. Eran manos que habían dejado de asir, apretar o rascar; hacían pensar en la inmortalidad y la perfección. Después de haberlas visto sin guantes, es decir, desnudas, comprendí por qué se las cubría.

—¿Le gustaban a Nikolai sus manos? —le pregunté de pronto.

—Por supuesto, pero...

—Pero ¿qué?

—Pero no las veía muy a menudo. —Eliska hizo una pausa y sonrió para sí—. Sólo en las ocasiones especiales.

Y con estas palabras, tal vez sabiendo que podía cambiar el rumbo de la conversación, alargó la mano derecha y con sus largos dedos me tocó con mucha delicadeza la

cara, deslizándomelos por la mejilla y los labios seducto-
ramente.

—Observe lo suaves que son.

Lo hice y en ese momento cerré los ojos y de pronto me
sentí cerca de Roger. Ésos eran los dedos que lo habían
tocado, dándole consuelo.

Eliska vio mi reacción.

—¿Me ayudará? —preguntó.

Esa noche vi cómo Detroit derrotaba a los Yankees por
segunda vez. El equipo no estaba aprovechando las opor-
tunidades para batear. Jeter era el único que jugaba con
continuada eficacia, y los relevistas intermedios parecían
temblar. Como les ocurre a muchos seguidores de los
Yankees, mi estado de ánimo cambia con la suerte del
equipo. Y estaba de un humor de perros.

Aunque tal vez sólo intentaba dejar de pensar en Eliska
Sedlacek y en su mano exóticamente delicada deslizándose por mi mejilla de mediana edad. Como había intui-
do, sus suaves dedos habían enviado señales de excita-
ción por vía subterránea a estaciones lejanas. Pero eso no
era lo único que me había excitado.

Mi mujer lee casi todas las noches en la cama, normalmente el *thriller* de la década de ese mes, y, después de
dejarla felizmente arropada, me metí en mi despacho y
entré en Internet. Sabía que el *Pravda*, el periódico ruso,
tenía una página web en inglés, así que tecleé el nombre
de Nikolai Gamov. Parecía merecer una búsqueda en
Google... Y, en efecto, apareció un artículo que resumía
uno ya publicado en el *Seoul Herald*. Explicaba que Gamov había recibido ocho disparos y que el arma que se
había encontrado en el lugar de los hechos había sido
identificada como «una Baikal», una marca que fabricaban

en Rusia. Gamov, señalaba el artículo, había sido «sospechoso de prácticas comerciales ilegales».

Me recosté en la silla un poco sorprendido. La novia de un gángster ruso asesinado quería que yo retirara unas cajas llenas de objetos que ella había entrado en Estados Unidos de contrabando. ¿Debía hacerlo? Tal vez no. ¿Estaba realmente en apuros? Quizá. Tenía que suponer que, fueran quienes fuesen los sinvergüenzas que habían matado a Gamov, sabían de la existencia de los objetos de contrabando, en cuyo caso podían saber de Eliska e incluso de mí. ¿Eran ellos los que habían seguido mi taxi?

«Piensa, George —me dije—. ¿Cómo puedes ayudarla sin correr el riesgo de caer en alguna trampa?» Tenía un viejo amigo llamado Anthony G. que había manejado asuntos como ése. Podía preguntárselo. Pero tardaría un tiempo en localizarlo. Mientras tanto recordé que, según Eliska, Roger no sabía lo que había dentro de las cajas que ella había guardado en su apartamento. Tal vez era cierto, tal vez no. En cualquier caso, a la investigación se le sumaron las prisas. ¿Sabía algo Roger de Nikolai Gamov? ¿Sabía que su novia entraba objetos de contrabando en el país y los escondía en su propio piso? ¿Estuvo su última llamada relacionada con ese trato? ¿Y qué pasaba con el papel que había estudiado en el momento de morir? ¿Podía estar escrito en él el nombre de Gamov?

Comprendí que la pregunta era quién había hablado con Roger las últimas semanas de su vida. Recordé que el tal doctor Greenfeld, el dentista de las estrellas retirado que había conocido en la tienda de grabados, se había referido a un tal Charles Weaver de Queens como «el gran guardador de secretos» del padre de Roger, y que Roger lo había localizado.

* * *

Y eso es lo que hice también yo a la mañana siguiente, sin grandes dificultades, utilizando el acceso *on-line* al registro de propiedad inmobiliaria de la ciudad que tenía mi compañía. Encontré una dirección de una tintorería de Floral Park y llamé. Respondió una voz gruñona, pero satisfecha de serlo. Expliqué la razón de mi llamada, que no interesó mucho al tipo. Parecía tener unos ochenta años. Uno de esos viejos amostazados.

—Si quiere hablar conmigo, no hay problema. Estaré jugando al póquer —graznó Charles Weaver—. Pero no espere nada, ¿de acuerdo?

VII. ¿En efectivo o cheque?

Subí al coche y me dirigí a Floral Park. Tomé la Long Island Expressway en dirección Cross Island Parkway, y allí abandoné la autopista. No tardé en plantarme en Jamaica Avenue, por donde avancé lentamente en busca de la tintorería de Weaver mientras escuchaba jugar a los Yankees contra Cleveland en casa; Petitte estaba lanzando bien.

Encontré el local, aparqué y oí que Jeter bateaba una pelota rápida, luego apagué el motor y entré. Un hombre de aspecto cansado también estaba escuchando el partido y seguimos juntos el resto del bateo.

—¿Qué puedo hacer por usted?

—Soy George Young. Hemos hablado hace un rato.

Examinó mi traje.

—No.

—¿Es usted Charles Weaver?

—Soy su hermano, el apuesto. Él está en la trastienda.

Seguí el hombre por el estrecho pasillo, rozando con los hombros faldas y pantalones de vestir envueltos en bolsas transparentes, hasta que se metió en una habitación húmeda y oscura donde cuatro viejos jugaban a cartas. Ninguno tenía mucho pelo. Habían preparado una mesa con cerveza, un bol de encurtidos y lo que parecían sándwiches de pescado frito.

—Charlie, este tipo dice que te ha llamado.

Uno de los hombres, que se disponía a pegar un mordisco al sándwich que tenía en la mano, levantó la vista.

—¿Es usted el tipo de Manhattan que me ha llamado?

Asentí.

—¿Cuánto va a tardar? Verá, estos tipos son bastante idiotas a la hora de proteger su dinero y puede que necesite diez o quince minutos para desplumarlos del todo.

Sus compañeros de mesa apenas le hicieron caso. Al parecer habían oído antes la broma. Sonó el teléfono. Weaver contestó con la mano libre. Escuchó.

—De acuerdo, ahora voy.

Colgó y, disponiéndose a pegarle otro bocado al sándwich, dijo:

—Alva necesita que vaya a buscarle las pastillas. Tengo que irme. Estaré aquí dentro de un par de manos. Sammy, no te comas mis encurtidos. Usted acompáñeme —me soltó señalándome—. Conduciré yo.

Ya lo creo que lo hizo. Detrás de la tintorería, en un callejón estrecho, esperaba un Cadillac verde con una vieja pegatina de McCain para presidente en el impecable guardabarros Nos acomodamos en el interior. Había una caja de puros cubanos pegada con cinta adhesiva al salpicadero del coche caro.

Weaver me pasó su sándwich y sacó unas pequeñas tijeras del bolsillo.

—Aguántemelo. Tengo que fumar. —Sacó un puro de la caja, cortó la punta y lo encendió—. ¿Conoce Floral Park?

—No —dije, inspeccionando con interés el sándwich.

—Pues se lo voy a enseñar. —Nos fuimos—. Así que

habló usted con el viejo doctor Greenfeld y le dio mi dirección.

—Me dijo que Roger Corbett estaba tratando de...

—¿Ve ese lugar? —preguntó Weaver señalando con el puro una gasolinera atestada de coches repostando—. Podría haberla comprado en 1974 por veintitrés mil, pero fui idiota y me pareció arriesgado. ¿Qué iba a saber? En fin, sí, el chico quería saberlo todo sobre su padre y me puso en un maldito aprieto.

—¿Por qué?

—Aquí me tiene, con ochenta y cuatro años, y ese tal Roger llama y me dice: «Usted conoció a mi padre hace mucho. Por favor, cuénteme sus secretos personales». —La mirada de Weaver cobró vida mientras señalaba con una mano una franquicia de comida rápida—. ¿Ve ese local? Va a vencer el contrato y los dueños quieren echarlos.

Siguió conduciendo durante otro minuto.

—Hablaba usted de los secretos —lo alenté.

—Sí, sí, quería saber todas esas cosas, y, naturalmente, eso planteaba muchas preguntas, ¿entiende? ¿Por qué no hablaron con él ni el padre ni la madre? Y si el viejo Willie Corbett siguiera con vida, ¿querría que yo le contara a su hijo sus secretos? Verá, sólo soy un viejo que trato de recordar dónde he dejado mi audífono, ¿y se supone que ahora he de comunicarme con los muertos? —Me miró con los ojos muy abiertos, como si yo fuera la fuente de su problema—. Bueno, pues me preocupa, ¿entiende?

Mientras subíamos por la avenida repasó mentalmente el paisaje, de nuevo distraído.

—¿Ve ese letrero de «Se vende»? Conozco al propietario, Frankie Phelan. Consiguió una de esas hipotecas de tasa ajustable. ¿Sabe lo que pienso cuando oigo la palabra ajustable?

—Pues no.

—Pienso en todos esos pantalones que salieron en los años sesenta, cuando Lyndon Johnson era presidente, que tenían la cintura elástica y se ajustaba a la barriga. Engordabas y seguía ajustándose. Y ésa... ¿la ve? ¡Ahí hay otra! Frankie también es el dueño; pidió un crédito demasiado grande y utilizó el dinero para comprar bloques de pisos en Miami que aún no se habían construido. Seis, con seis hipotecas. ¡Y ahora no puede venderlos! ¡Uf! ¡Menuda castaña se ha pegado! Eso sí fueron ajustes, pero para morir de hambre.

Empezaba a tener la sensación de que Weaver jugaba conmigo.

—Entonces ¿qué le dijo a Roger Corbett?

Me miró furioso.

—Le dije: «¿Quieres saber lo que sé de tu padre? Está bien. Pero no te va a gustar, amigo». Le dije: «Conozco a tu padre desde que era un pimpollo, antes de que se casara, hacia 1950. Para empezar, montó su sofisticado bufete de Manhattan con dieciocho mil dólares que había ganado en una partida de póquer que se organizó en un pesquero en Greenport, Long Island. Lo sé porque yo era el tío que le contaba las cartas desde el otro lado de la mesa». Teníamos un sistema que llevábamos semanas practicando. Podrían habernos matado si nos hubieran pillado. Lo habríamos tenido bien merecido. Un par de inocentones. De modo que le dije: «Número dos, tu padre no podía dejar de mojar la polla, ya me entiendes. Tuvo al menos un hijo fuera del matrimonio, tal vez más, después de casarse». En ciertos círculos, este tipo de cosas resultaba escandaloso en aquellos tiempos. Roger quería saberlo todo, por supuesto. ¿Recordaba si era niño o niña?, y esas cosas, y yo le dije: «No, no, nunca conocí a ninguna de las amigas de Willie, pero sé que pagaba la manutención de un hijo, tal vez haya quedado registrado en alguna parte, tal vez...». ¡Espere, me encanta este lugar! —Weaver agitó el puro hacia un edificio comercial de poca altura—. Ha sido mío dos veces. Lo vendí en el ochenta y siete, cuando el mercado estaba por las nubes, lo compré en el noventa y tres más o menos, y volví a venderlo en 2004, fue un auténtico...

Se detuvo en mitad de pensamiento. Seguimos avanzando y sonrió para sí. O tal vez fue una mueca petulante.

—¿Qué estaba diciendo?

Me miró desde el otro asiento del Cadillac y pareció sorprenderse de verme allí.

—Ah, sí, un momento... La partida de cartas, sí, y los hijos nacidos fuera del matrimonio, y lo tercero que le dije fue que una vez Willie me confesó que no se le daba bien llevar su maldito bufete y que en los primeros tiempos su secretaria lo había hecho prácticamente todo. ¡Qué coño! Un bufete de renombre llevado por la secretaria del jefe. A escondidas, por supuesto. Él ganaba los grandes casos, pero ella dirigía toda la operación. Le decía a quién contratar y a quién despedir. Eso duró unos diez años por lo menos. ¡Willie podría habérsela estado tirando, por lo que yo sé! Además, esa mujer era un genio con las estrategias jurídicas. Su nombre debería haber aparecido en el membrete de la compañía, ¿sabe? Estaba en todas las reuniones tomando notas y luego hablaban. Los otros socios no le concedían un momento, pero él lo discutía todo con ella.

Yo había trabajado en los últimos tiempos del régimen de Wilson Corbett.

—¿Una mujer llamada Anna Hewes?

—No me acuerdo, pero le dije todas estas cosas a Roger. —Weaver sacudió la cabeza—. «Piensa en ello. Tu padre tuvo al menos otro hijo del que no sabes nada, tu padre montó su bufete con dinero que no había ganado limpiamente, y no fue él quien lo hizo prosperar». Eso es mucho que asimilar. Pero si no le gustó, a aguantarse.

No veía cómo encajaba esa información con todo lo que había averiguado sobre Roger Corbett.

—Sé que le sonará un poco disparatado, pero ¿alguna vez le habló Roger de unos adornos de Navidad o de una novia checa?

—¿Cómo? ¿Navidad en Checoslovaquia? No sé de qué me habla. Todo fue sobre su padre. —Weaver me miró con un poco más de suavidad—. He aprendido que una de las cosas que quieren saber los hombres al envejecer es quién era su padre.

A la mañana siguiente me guardé en el bolsillo los dos toscos adornos navideños que me había llevado de las cajas del guardamuebles; di un rodeo al ir al trabajo y subí las escaleras de Diamond District Assaying and Smelting Inc., en la calle Cuarenta y Siete entre, las avenidas Quinta y Sexta. Una vez allí, toqué el timbre. Habíamos tenido unos pocos casos relacionados con negocios de compra y venta de metales preciosos, y lo único que recordaba de ellos era que no generan nada: deben vender rápidamente lo que compran para que los precios, siempre volátiles, no se vuelvan en su contra. Es un negocio de gran volumen y estrecho margen. Las reclamaciones de seguro fraudulentas de esos negocios rara vez están relacionadas con incendios, porque un incendio estructural no destruye el oro y la plata. El robo, por supuesto, ya es otro asunto.

La puerta se abría a una pequeña habitación sin ventanas en la que había una mesa y una bandeja de plástico, una cámara de seguridad y otra puerta, y, en el centro, un detector de metales parecido al de los aeropuertos. El panel del interfono de la pared crepitó.

—¿Sí? —oí que preguntaba una voz.

—Estoy aquí para...

—Quítese el abrigo.

Me lo quité.

—¿Qué metal ha traído?

—No lo sé —respondí hacia la habitación.

—¿No lo sabe?

—Supongo que plata.

—Ponga la plata en la bandeja.

Así lo hice. Los adornos tenían allí un aspecto aún más patético que antes.

—Ahora camine, despacio, cruce el detector de metales.

Obedecí.

—Retire el metal.

La segunda puerta pitó y la empujé, con el abrigo y los adornos. La segunda habitación no era mucho más grande. Un hombre con una cazadora de cuero estaba de pie ante mí. Llevaba anillos de oro en cada dedo, un reloj de oro y un grueso medallón de oro colgado del cuello.

—Por favor, levante las manos. Es una simple formalidad.

Me pasó una porra por las axilas, entre las piernas, y por el pecho y los brazos.

—Antes no nos andábamos con tanto cuidado, pero cada dos años alguien se envalentona y tenemos un problema.

Me hizo señas para que me acercara al mostrador.

—¿Tiene la plata?

Le tendí los adornos. Él los miró y sacudió la cabeza.

—No es plata. —Los dejó en el mostrador—. No lo parece. Puede que haya un poco de plata y puede que no.

—¿Qué es?

—Dejaremos que la máquina nos lo diga. Lo analizaremos y decidiremos la composición. Si el metal resulta tener veinticinco centavos de aluminio, pagará el precio del análisis, ¿de acuerdo?

—Sí.

Sacó una bandeja de la máquina, colocó en ella los adornos y la deslizó de nuevo hacia el interior.

—¿Qué es eso?

—Fluorescencia de rayos X. La máquina es un espectrómetro dispersivo de longitud de ondas. Estamos bombardeando la muestra con rayos X y midiendo la energía resultante. ¿Sabe algo de química, de las transiciones de electrones?

—No.

—Esta máquina es muy precisa. Mide la composición de casi cualquier muestra.

El monitor del ordenador parpadeó y aparecieron cifras y letras: signos de elementos, supuse.

—No hay plata. —Parpadeó al leer la información y la estudió con más detenimiento—. Interesante. ¿De dónde ha sacado la muestra?

Sé cómo mirar fijamente cuando hace falta.

—Es una historia muy larga.

Él asintió.

—¿Quiere vendernos esta muestra?

—¿Qué es?

—Es una aleación de acero barato y un metal bueno llamado rodio.

—¿Valioso?

—Se lo diría gustosamente, pero primero he de consultarle algo a mi jefe. —Se retiró al fondo del mostrador y descolgó un teléfono. Estudié el índice de precios de mercado que había en una pantalla detrás del mostrador para ver si había algo parecido al rodio, pero no vi nada. El oro y el platino oscilaban a medida que los especuladores profesionales de materias primas trataban de estimar el precio futuro del petróleo, el dólar y a saber qué más.

En el mostrador, el hombre asintió y colgó.

—El jefe dice que no solemos pagar por este metal.

—Entiendo.

—Pero pregunta si tiene más. Si tiene, se lo compraremos.

—Sé dónde conseguir más.

—¿De la misma composición?

—Sí.

—En ese caso le pagaremos para que nos traiga más.

Apretó un botón del ordenador y la pantalla cambió.

—El precio ha bajado un poco esta mañana. Aquí tenemos 6,47 onzas de acero de baja calidad que no tiene ningún valor, un penique como mucho, pero el rodio, que marca 2,36 onzas, se lo pagaré al contado menos un nueve por ciento.

—Tal vez debería venderlo en otra parte, más cerca del precio del mercado.

—Señor, el rodio es un metal industrial y se vende en estado refinado como lingote acabado o alambre en rollo para las grandes compañías. A eso se refiere el precio de mercado. Su muestra de rodio está mezclada con un metal sin valor. No sé la razón —me miró por encima de las gafas— y no se la voy a preguntar. Es necesario fundirlo, que es un proceso muy complicado y muy caro. Las fundiciones que recuperan el rodio son grandes empresas. Nosotros sólo somos una mediana. Y ellos no pagan en efectivo, se lo aseguro.

Sonaba convincente.

—¿Y cuál es el precio actual por onza?

Señaló una tabla de números parpadeantes.

—Esto es hoy hace tres minutos. 9.416 dólares la onza.

Imposible.

—¿La onza?

—Sí.

Menos el nueve por ciento, era alrededor de 8.500 la onza. Sentí que me subía la presión arterial, una de las nuevas sensaciones que llegan con la mediana edad.

—¿En efectivo o cheque?

Un cheque dejaba un rastro permanente.

—Efectivo.

Sacó de un cajón un fajo de billetes de cien nuevos sujetos con una banda; la rompió y colocó los billetes en una máquina para contar dinero. Luego sacó dos de diez, uno de uno y unas monedas.

—Aquí tiene 20.221,80. ¿Quiere contarlos?

—No.

Metió el dinero en un sobre y pegó en él el recibo con celo.

—Firme, por favor.

Firmé de la forma más ilegible posible.

Sostuvo el sobre hacia una pequeña cámara de vídeo.

—Por favor, diga su nombre, la fecha y la cantidad, y a continuación: «He recibido la cantidad íntegra y todas las cuentas han sido saldadas a mi entera satisfacción».

Repetí esa afirmación ante la cámara.

—Gracias.

Un minuto después caminaba por la calle con el enorme fajo de billetes en el bolsillo de la americana. Cuando llegué a la oficina, no pude resistir la tentación de abrirlo y mirar fijamente los billetes. Desprendían el olor a dinero nuevo. Lo metí en el cajón de mi escritorio. Veinte mil dólares por un par de adornos navideños cutres. ¿Quién lo sabía? Roger Corbett desde luego que no, y tampoco su mujer, que había pagado a una empresa de mudanzas para que los llevara a un guardamuebles. En el guardamuebles del centro había cinco pesadas cajas llenas de esos adornos. Una fortuna. ¡Millones por lo menos! No pertenecían al legado de Roger Corbett, ni al de su mujer, ni tampoco al de su madre, y desde luego no me pertenecían a mí, y era discutible que pertenecieran legalmente a Eliska Sedlacek. ¿Los había robado su novio ruso, Nikoali Gamov? Parecía probable, pero ¿cómo iba a averiguarlo? ¿Llamando al consulado ruso? ¿Preguntando por las calles de Moscú?

Pero ésa no era la pregunta adecuada. No, la pregunta era: ¿quién, aparte de Eliska Sedlacek, sabía que yo había tenido acceso a las cajas, y qué estaba dispuesto a hacer para recuperarlas?

VIII. Un tonto genial

Supongo que todos tenemos una lista privada de las mayores estupideces que hemos cometido. Los actos más ofensivos, ilusorios o autodestructivos. Por ejemplo, ojalá no hubiera escuchado a los oncólogos cuando me aseguraron que podían salvar la vida de mi madre. La sometieron a varias operaciones innecesarias que la hicieron sufrir. Si esas últimas semanas mi madre no hubiera estado lidiando con las operaciones, tal vez habríamos tenido la oportunidad de revisar juntos su vida. A ella le habría gustado hacerlo y habría sido muy provechoso para mí. Pero lo que ocurrió fue algo muy distinto, y la verdad es que no me gusta recordarlo. El haber dado mi consentimiento a esas operaciones encabeza mi lista, y de vez en cuando bebo más de la cuenta y me replanteo inútilmente mi decisión.

Uno de los pocos consuelos de la mediana edad es que mi lista no ha cambiado mucho en los últimos cinco años. Pero en esos momentos empezaba a preguntarme si mi interés por averiguar lo que le había ocurrido a Roger Corbett me estaba llevando a cometer una de las mayores estupideces de mi vida. Tal vez había accedido a llevar a cabo esa investigación porque mi existencia se había vuelto profundamente predecible. «Reconócelo —me dije—, llevas una vida muy aburrida, George, y has aceptado con la esperanza de romper con lo previsible.»

¿Qué debía hacer a continuación? ¿Llevar las cajas a otra parte? Eso no cambiaría gran cosa, puesto que Eliska no sabía dónde estaban. Podía hablar de las cajas con la delicada madre de Roger, la señora Corbett, o con su ex mujer, Valerie, pero eso sólo las incluiría en la lista de personas conocedoras de su existencia y probablemente las pondría en peligro; además, tal vez me vería obligado entonces a identificarlas. Podía informar de todo el asunto a las autoridades, sobre todo a los contactos de mi mujer en el Departamento de Justicia, pero eso daría pie a que se produjera un peligroso embrollo. Podía acabar involucrándome con el FBI o con el Departamento de Policía de Nueva York para atrapar a alguien, y tal vez tendría que testificar ante un tribunal. Necesitaría a un abogado que me asesorara. Mi nombre se vería envuelto en la noticia no sólo de un hombre atropellado por un camión de la basura y una misteriosa modelo de manos checa, sino de una fortuna escondida en un guardamuebles de Manhattan. Mezclado con la mafia rusa. ¡Un festín para la prensa amarilla! Mi bufete saldría muy desprestigiado y seguramente tendría que responder las inquietas preguntas de nuestro único cliente: la compañía de seguros europea. Y, lo que es aún peor, mi mujer acabaría teniendo que dar explicaciones ante sus superiores en el banco, por no hablar de someter nuestras finanzas a inspección. Eso no era aconsejable. No, era mejor buscar una solución airosa que me sacara rápida y limpiamente de esta situación para siempre.

Todo eso es lo que tenía en la cabeza una noche, mientras veía el partido de los Yankees con el volumen de la tele al mínimo y la radio encendida. Prefiero oír a John Sterling de la WCBS-AM, por malo que sea. Mi mujer me sorprendió mirando por la ventana, sin prestar atención al partido.

—George, ¿en qué estás pensando?

Su intuición daba miedo.

—En nada importante. El precio del arroz en China y cosas así.

Carol esperó por si añadía algo, pero, al ver que no lo hacía, volvió a concentrarse en el partido.

A la mañana siguiente, en cuanto llegué a la oficina, llamé a nuestro estudiante de Derecho en prácticas, Ethan Jacobs. Es un chico realmente brillante, pero para que pudiera quedarse con nosotros, la firma debería antes librarse de todos los socios improductivos, para que cada nivel del bufete ascendiera un par de puestos. Y eso no iba a ocurrir. Le pedí Ethan que me hiciera un rápido trabajo de investigación.

—Rodio —dije—. ¿Qué es, quién tiene, por qué es tan valioso? No quiero un informe formal, sino una chuleta de una hoja.

Al mediodía le dije a mi secretaria Laura que tenía hora en el médico y salí disimuladamente. Laura tiene veintinueve años y ha llegado a la Edad de la Indecisión Aterradora: reconoce que su novio no parece interesado en el matrimonio, lo que la preocupa, y que además no estaría a la altura si decidieran casarse, lo que la preocupa aún más. Mis espías me dicen que, en cuanto salgo de la oficina, se embarca con sus amigas en complejas discusiones sobre el Problema del Novio por teléfono y por correo electrónico simultáneamente. Con esto quiero decir que sabía que no repararía en mi ausencia, justo lo que me convenía, teniendo en cuenta la persona a la que iba a visitar.

* * *

No sé por qué Staten Island tiene tan mala reputación; tal vez porque durante dos generaciones los neoyorquinos que, en verano, iban a Jersey Shore por la carretera 440 hacia Outerbridge Crossing para evitar la autopista de peaje, pasaban por delante del infame vertedero Fresh Kills, que sigue oliendo mal años después de que lo cerrara el ayuntamiento. Incluso hoy, Staten Island tiene fama de ser desesperadamente provinciano, tribal e inculto. Esta actitud siempre me ha hecho gracia, porque hay mucho dinero silencioso y taimado en Staten Island.

Crucé a toda velocidad el puente de Verrazano. Luego dejé la 270 en la salida 12, y giré a la izquierda en el paso a desnivel hacia Todt Hill Road. La carretera asciende serpenteante en medio del bosque, y el precio y el tamaño de las casas se elevan según vas avanzando. Si uno quiere vivir en una mansión de seiscientos cincuenta metros cuadrados bajo grandes árboles sin dejar de vivir en Nueva York, las casas junto a Todt Hill Road son un buen lugar para hacerlo. No son simples mansiones, sino fortalezas; por lo general son de piedra o ladrillo, cuadradas e imponentes, y están concebidas para proteger a sus habitantes, como mi amigo Anthony G.

Anthony ha hecho fortuna por varias vías: en el negocio de combustible para estufas de su padre (eliminó parte de la competencia en Brooklyn y Queens, lo que aumentó su cuota de mercado), en el negocio de camiones hormigonera (sabe cómo licitar grandes obras en Manhattan) y en el negocio de ventanas al por mayor (escapó de los procesamientos federales de los años noventa). En los setenta, cuando era un chico gordo de Staten Island con una gran personalidad, fuimos juntos a las colonias de verano del sur de Binghamton. Yo fui su único amigo ese verano. Nuestra amistad ha perdurado, pese a todos sus problemas legales. Quedamos para comer cada uno o dos años como mucho. Nunca hablamos del trabajo, sino de nuestras mujeres, nuestros hijos y nuestros padres.

Cuando estaba a cincuenta metros de la casa de Anthony, me detuve y consulté mi BlackBerry. Me esperaba el informe de Ethan:

El rodio (Rh) es un metal precioso del grupo del platino. Es muy escaso y se utiliza en aplicaciones industriales y en el galvanizado de joyería. Muy resistente a la corrosión y la oxidación. Se extrae como producto principal en Sudáfrica (de lejos el mayor productor en toneladas métricas anuales), y, en Canadá y Rusia, como derivado del níquel. En Montana hay un gran depósito. El sector del automóvil consume el 85% de la producción, sobre todo en catalizadores. El creciente consumo de coches en China y la India garantiza su valor en el futuro. El rodio es un metal tan precioso que los catalizadores se venden de forma rutinaria por eBay como material reutilizable. Los desechos de los catalizadores se recogen en todo el mundo y se reenvían en su mayor parte a Sudáfrica para reciclarlos. Todo el proceso de extracción y fundición es muy tóxico para el medio ambiente. La industria de reciclaje está fragmentada y es muy competitiva a nivel local, pero se fusiona en varios participantes importantes a escala mundial que compran y reciclan desechos. El precio oscila con cierta independencia del oro y de otros metales preciosos, e incluso con cierta independencia de los ciclos en la fabricación de automóviles. Podría tener nuevos usos para la tecnología médica en el futuro, en posibles aplicaciones de filtrado de gases en sangre. Existe una demanda muy secreta por parte de los departamentos de Investigación y Desarrollo de las principales empresas farmacéuticas. Caro de refinar, siempre hay una gran demanda. Aunque predomina la venta al por mayor, cada vez son más los que quieren participar en la venta a pequeña escala. En Rusia y en distintos países asiáticos hay pruebas de burdos esfuerzos de reciclaje. En 2006 la CIA descubrió un intercambio local de opio crudo por desechos de rodio en Afganistán. En 2007 los desechos de rodio se cambiaban por AK-47 en Somalia. Según la Interpol, 2005, los comerciantes de diamante ilegales conocían las cuentas de rodio. El contrabando va en aumento, porque el metal es fungible en todo el mundo; allí donde los coches se reconstruyen después de sufrir daños totales, el rodio tiene valor de reventa. Puede fundirse con otros metales para ocultarlo. Las minas de alto contenido en rodio de Sudáfrica son patrulladas por guardias armados. El precio ha alcanzado recientemente los 9.400 dólares la onza.

Me quedé mirando la pantalla. Me sentía fatal. Detrás de quienquiera que quisiera esas cajas de adornos metálicos ardía una febril demanda mundial.

La casa de Anthony no se ve desde la carretera. El camino de entrada se extiende por detrás de altos setos hasta un patio pavimentado. Detuve el coche y esperé, según me había indicado que hiciera cuando lo había llamado poco antes por teléfono. Se abrió una puerta al lado del garaje y salió un joven.

—¿Es usted George Young?

Asentí.

—¿Puede demostrarlo?

Llevaba el pasaporte en el bolsillo de la americana por esa misma razón. Lo examinó, me miró y volvió a examinarlo.

—Me hago viejo —dije.

Ni una sonrisa.

—Por favor, deje las llaves del coche puestas.

Bajé y él me cacheó en silencio. No fue una sensación agradable. Encontró mi BlackBerry.

—Es una preferencia personal del señor Anthony que los móviles y otros aparatos electrónicos se queden en el coche.

—No hay problema.

—Desconéctelo, por favor.

—Ningún problema.

—¿Hay más aparatos en el coche?

—No.

—¿Está seguro?

—¿Por qué iba a mentirle?

Podría haber sonreído, pero no lo hizo.

Entré en el garaje detrás del joven y recorrí un pasillo vacío hasta una cocina enorme. Baldosas toscanas en el suelo, fogones de acero pulido y unos ocho metros de largo. Una anciana con el pelo recogido en un moño troceaba tomates. Olí a albahaca y a alguna clase de queso.

Me llevaron a una terraza. Anthony estaba sentado en una tumbona de teca leyendo *The Wall Street Journal*, y, antes de que volviera la cabeza, vi el paso de los años en él; era refinado, rico, meticuloso y más precavido que nunca, lo que en su caso significaba mucho.

—Me alegro de verte, George.

Sonreí mientras le estrechaba la mano.

—Gracias por recibirme, Anthony.

Dimos un paseo por el bosque y le hablé de Roger Corbett, de Eliska Sedlacek, de los objetos de metal que habían entrado en el país de contrabando, de su novio asesinado, de la vez que me siguieron en el taxi, del hecho de que el móvil de Roger Corbett todavía funcionara y, por último, del enorme valor del rodio.

—Empiezo a tener la sensación de que me he metido en un lío.

Anthony asintió. Él sabía de líos y había salido de la mayoría.

—Quieren ese rodio —dijo— y tarde o temprano irán a por él. Pero ¿qué tienen ellos que te pueda interesar a ti?

—Quiero que me dejen en paz a mí y a todos mis antepasados durante los próximos cinco siglos.

—Por supuesto.

—También quiero algo que no tiene valor para ellos. —Le hablé de la factura de móvil de Roger Corbett en la que debía figurar el número de la última llamada que había efectuado.

—¿Por qué lo crees?

—Como he dicho, la línea sigue operativa. La ex mujer no sabe qué ha sido de las facturas ni dónde están. No prestó atención. Sus cosas, su correspondencia y todo lo demás estaban mezcladas con las de la novia, y ella está relacionada de algún modo con esos tipos. Está nerviosa por algo. Alguien está pagando la factura para que siga operativa.

—Podría tener alguna utilidad para ellos —dijo Anthony—. Eso podría significar que están usándola, lo que también podría implicarlos de algún modo.

—Pero Roger Corbett llevaba el móvil encima cuando lo atropellaron. Y no hay constancia de que encontraran nada en el lugar donde murió.

Anthony sacudió la cabeza.

—Si lo hubiera encontrado el EMS o la policía, lo habría devuelto. Si el móvil salió volando por los aires, un coche pudo haberle pasado por encima fácilmente, o tal vez lo recogió un basurero. Quizá alguien lo cogió y lo utilizó hasta que se agotó la batería, y entonces lo tiró. Pero eso no habría detenido a esos tipos, porque podrían haber conseguido otro..., no es tan difícil si tienes una factura. De modo que si están utilizando el teléfono, no querrán darte una factura.

—No quiero cualquier factura, sino la que indica la llamada que hizo Corbett antes de morir.

—¿Eso es todo lo que quieres, un papelito? ¿No quieres el rodio?

—Por supuesto que lo quiero, pero no es mío.

Anthony sacudió la cabeza. Vi que no le gustaba lo complicada e indefinida que era la situación: era una montaña de hipótesis.

—¿Sabes, George? La situación es más complicada de lo que parece —dijo—. He de reflexionar sobre ella. He de mirarla con sus ojos. Saben que no tienes nada que ver con todo este montaje. Sólo eres un inocente que se ha visto involucrado. Pero deja que te diga algo. Uno de esos tipos le está dando vueltas al asunto todo el día. Está pensando: «Ese tal George Young es un inocente. Tiene las llaves para acceder a un buen pico de dinero y es posible que ni siquiera lo sepa. Pero ¿cómo podemos conseguir que haga lo que queremos?» Este tipo está pensando en ello continuamente, George. Es como yo. Le da vueltas sin parar. Va a averiguar dónde vives, en qué trabajas, cuál es tu teléfono. Tal vez haya hecho ya los deberes y sepa que tu mujer tiene contactos con la policía. No quiere involucrarse. Preferiría optar por la solución más fácil, dejar que caigas solo en la trampa.

Asentí apesadumbrado.

—¿Sabe la checa que los adornos navideños están hechos de rodio y que el rodio vale ocho o nueve mil dólares la onza?

—Sabe que son valiosos, porque los entró en el país de contrabando, pero no sé si sabe exactamente de qué se trata. Es posible.

Subimos el sendero hacia la casa de Anthony. Las hojas secas crujían bajo nuestros pies.

—Anthony, ¿qué harías si quisieras recuperar tus nueve kilos de rodio robado?

—¿Y tú fueras mi hombre? Averiguaría tus puntos débiles, y luego te agarraría y te obligaría a ir a buscar esas cajas. Entrar y salir en unas pocas horas. Tú llevarías las cajas a alguna parte que no tuviera nada que ver conmigo, y yo las iría a buscar y luego te haría desaparecer.

—¿Qué quieres decir con que me harías desaparecer?

—Quiero decir que te amenazaría para que nunca dijeras nada a nadie.

—¿No sería menos arriesgado enterrarme en una tumba anónima?

—No. Eres abogado, tu mujer es supervisora de cumplimiento en un banco, conocéis a gente. Todo eso haría inevitable una investigación. Ellos no quieren eso. Además, una vez que consigan el rodio, podrán largarse del país. Quieren recuperar las cajas y coger un avión ese mismo día.

Nos abrimos paso de nuevo hasta el patio.

Anthony tenía la respuesta. Lo vi en sus ojos.

—Espera, George, esto es lo que vas a hacer. Necesitas algo que cambie las reglas, un suceso inesperado que renueve los incentivos. Llama a esa checa y devuélvele las cajas de adornos como si no tuvieras ni idea de lo que valen. Y luego tómate unas pequeñas vacaciones. Di que te vas a Jersey Shore o adonde sea, y, en lugar de eso, te pierdes un par de semanas en Nova Scotia o algún lugar. Así les darás tiempo a todos para hacer lo que tengan que hacer y salir del país, y todos te tomarán por tonto.

—Si actúo como un tonto, me dejarán en paz.

—Un tonto genial.

—¿Qué hay de la factura del móvil?

—Olvídate de ella.

—No quiero olvidarme de ella.

—Es una factura de móvil. —Me miró, luego se señaló la cabeza—. Sé un tonto genial, George, no un tonto corriente.

Nos despedimos. Me acompañaron al coche. Me lo habían lavado.

Había mucho tráfico por la 278 de regreso a Brooklyn. De pronto me pareció una idea excelente ser un tonto genial. Sentado al volante, marqué el número de Eliska Sedlacek. Me ofrecería a llevarle las cajas al día siguiente, sin hacer preguntas. Ni siquiera mencionaría la factura de móvil de Roger Corbett. Sería entrar y salir.

Sonó el teléfono y alguien contestó.

«Soy Eliska. Estoy trabajando fuera de Estados Unidos. Por favor, deja tu mensaje.»

Colgué. Podía estar fuera de Estados Unidos o tal vez no. Los coches empezaron a moverse y no tardé en cruzar el puente de Verrazano en dirección a Brooklyn. A continuación llamé al Blue Curtain Lounge. Era temprano, pero tal vez el camarero con el que había hablado ya estaba trabajando. Contestó él y reconocí su voz.

—¿Me recuerda? Le di mi tarjeta.

—Sí, sí. Me llamó Mort.

—Si ve a la modelo de manos checa, llámeme enseguida, por favor.

—De acuerdo —respondió él riéndose.

—¿Qué es tan gracioso?

—Ya le dije que estaba en apuros.

—Pues tenía razón —dije, dejando las brumosas agujas de Manhattan a mi izquierda—. Más de lo que se imagina.

ix. En la fiesta

Estaba nervioso, y cuando estoy nervioso, no puedo dormir. Pienso demasiado, oigo los débiles ronquidos de mi mujer (ay, a lo que uno se acostumbra con el paso del matrimonio), el ruido del tráfico de West End Avenue. Me levanto y me pongo a dar vueltas por el salón sin hacer nada, hojeo el periódico, me como sin apetito un bol de cereales, consulto los resultados de béisbol por Internet. Un sufrimiento absurdo. Y a esas alturas estaba nervioso constantemente: el sueño se había reducido a unas pocas horas antes del amanecer. Había probado con tapones para los oídos y con somníferos sin receta, pero todo había sido inútil. Tarde o temprano, me dije, los tipos que habían amenazado a Eliska Sedlacek darían conmigo y exigirían que les diera las cinco cajas de baratijas de rodio. Pero mientras ella estuviera ilocalizable, yo no podía dar ningún paso. No tenía forma de ser un tonto genial.

El lunes siguiente, mientras hablaba por teléfono con nuestro asesor local de Tallase, Florida, sobre el caso del reclamante que probablemente había hundido su propio yate a propósito, Anna Hewes llamó a mi puerta.

—La señora Corbett quiere hablar contigo.

Anna me había metido en este lío y me mostré un poco cortante.

—Dile que ya la llamaré.

—Creo que no lo has entendido. Está aquí, en la recepción.

—Éste no es... —Callé unos instantes y añadí—: Hazla pasar.

Entró en una silla de ruedas, acompañada de una enfermera que la dejó acomodada y salió. La señora Corbett se había maquillado y se había puesto sus perlas para la visita, y esperó en su silla de ruedas, agarrándose a los reposabrazos.

—Qué sorpresa. —Me levanté de mi escritorio y le estreché la mano, que estaba fría.

Me miró con abierta impaciencia, como si la hubiera hecho esperar.

—He creído necesario venir a verlo, señor Young. —Habló algo entrecortadamente. La hinchazón de sus tobillos parecía haber ido en aumento.

—La habría atendido encantado por teléfono —dije—, si hubiera llamado.

Ella señaló con una mano huesuda el pasillo.

—He visto que han remodelado la oficina de mi marido.

—Sí, hace unos años hicimos obras en toda la planta.

La señora Corbett miró la foto de mi mujer y mi hija que tenía en mi escritorio.

—Parece que tiene una vida feliz.

—Señora Corbett, dígame por qué ha venido a verme, por favor.

—Sigo en la lista de espera para la operación del corazón, pero podrían llamarme en cualquier momento. Quiero saber qué ha averiguado sobre Roger. Han pasado semanas, señor Young.

¿Qué podía decirle? Poca cosa, decidí.

—Hablé con el detective privado y me dio el nombre del gerente del edificio donde vivía su hijo, quien me puso en contacto con la novia de Roger.

La señora Corbett movió los pies furiosa en su silla de ruedas.

—Roger no tenía novia. Seguía muy enamorado de Valerie.

No valía la pena discutir sobre ello.

—Parece ser que la carrera de Roger empezó a..., bueno, como la de mucha gente a los cuarenta y tantos, se volvió algo accidentada.

—Eso es quedarse corto —replicó ella.

—Ésa era mi intención.

La señora Corbett me miró con irritación.

—Roger se volvió demasiado ambicioso. Llevaba una vida agradable, tenía una casa en la orilla de Mamaroneck. Creo que era entrenador del equipo de su hijo. Pero eso no tiene nada que ver con la noche que murió.

Yo no tenía tiempo para esta conversación.

—Está bien, sé que estuvo en el bar del centro esperando una llamada. El camarero recuerda que hizo la llamada y apuntó algo. Estoy tratando de recuperar la factura de su móvil. Mientras tanto he hablado con ciertas personas con quienes Roger...

Pero la señora Corbett no escuchaba.

—Van a operarme tarde o temprano, señor Young, y necesito algo a lo que aferrarme antes de que me anestesien. —Me miró con ferocidad, percibiendo que le ocultaba algo—. Mi marido le dio todo lo que tiene y lo sacó de un trabajo de pacotilla en Queens y...

—Y le estoy muy agradecido —la interrumpí—. He estado intentando...

—Y yo insisto en que me dé una respuesta antes de que...

La enfermera reapareció, tal vez al oír la estridente voz de la señora Corbett. Se inclinó para susurrarle algo al oído y ella negó con la cabeza.

—Lo haré, en cuanto haya dicho lo que he venido a decir. —Me miró—. ¿Puede explicarme algo? Lo que sea.

—Le he dicho que tenía una novia, pero no me ha creído.

Sacudió la cabeza con desdén.

—Puede que una mujer compartiera sus encantos con mi hijo, pero dudo que significara algo para él. Se sentía solo, eso era todo. Probablemente pensó que Roger tenía dinero. Pero no tenía, porque les dio hasta el último penique a su mujer y sus hijos.

—¿Después de vender la casa de Cove Road en Mamaroneck?

—Como parte del divorcio, sí.

—¿Sabía que su hijo se puso en contacto con Charlie Weaver, el viejo amigo de su marido?

—No, no lo sabía —dijo la señora Corbett, reflejando más interés en su voz.

—Vive en Floral Park. Cuando era joven compartió piso con su marido. Creo que Roger le hizo preguntas muy personales sobre el señor Corbett... —Tenía que andarme con cuidado: no sabía si la señora Corbett estaba al corriente de la infidelidad de su marido o del hijo que había tenido fuera del matrimonio, según Weaver—. Y creo que su hijo recibió algunas respuestas que no esperaba oír.

La señora Corbett movió la boca un par de veces, como si quisiera decir algo, pero no pudo.

—¿Tenía su marido secretos que podrían haber afectado a Roger? —pregunté sin rodeos.

—Si los tenía, era como todos —respondió ella—. Pero, con franqueza, no es mi difunto marido quien me interesa, señor Young. Es..., echo mucho de menos a mi hijo Roger. —Y un horrible grito estrangulado de flema quedó atrapado en su garganta—. Y sólo quiero saber qué ocurrió. Por favor, no me queda mucho tiempo.

De pronto parecía exhausta y se desplomó en su silla de ruedas, con la mirada baja. La enfermera me indicó con una inclinación de la cabeza que había terminado y se la llevó de la oficina.

Me quedé sentado ante mi escritorio, mirando absorto los papeles que tenía esparcidos encima. ¿Por qué la vida era tan enrevesada? ¿Por qué tenía la sensación de haber decepcionado a la señora Corbett, y qué podía hacer al respecto?

Esa noche, mientras me cepillaba los dientes justo antes de acostarme, sonó el teléfono. Mi mujer respondió por mí y me avisó. Era el camarero del Blue Curtain Lounge.

—¿Qué pasa?

—Esa modelo de manos estrafalaria está aquí. Ella y sus amigas van a ir a alguna clase de fiesta en el centro. Me pediste que te llamara si la veía.

Le di las gracias.

—¿Han dicho adónde iban?

—No exactamente, pero he oído algo sobre la esquina de la Ciento Nueve con Lexington.

—¿Ya se han ido?

—Van de camino hacia allí, apuesto que en un taxi.

Podía llegar allí antes que ellas.

—¿Estás seguro?

—No, no estoy seguro al cien por cien, pero sí lo bastante.

Colgué y miré el reloj. Faltaban unos minutos para las once. Lo más probable era que, para ir de Elizabeth Street a la calle Ciento Nueve con Lexington, el taxi tomara la Tercera Avenida. Aunque pillara todos los semáforos en verde, tardaría unos quince minutos. Yo podía bajar las escaleras e ir andando hasta Broadway, y, una vez allí, cruzar Central Park por la calle Noventa y Seis, subir por Madison, girar a la derecha en la Ciento Diez y llegar a Lexington mucho antes. Y si ellas tomaban el tren 6 del centro en dirección oeste, lo que sería más fácil, se bajarían en la parada de la calle Ciento Diez. Aun así podría ganarlas.

Llevaba cerca de una semana llamando a Eliska y dejándole mensajes. Tal vez me evitaba. Bueno, pues ya no lo haría más. Estaba harto de esperar que pasara algo.

—Voy a salir —le dije a Carol.

—¿Por qué?

—Algo relacionado con la señora Corbett.

—No hablarás en serio, ¿verdad?

Me puse mis zapatos, mejor dicho, los zapatos de Roger.

—Hablo en serio.

—¿Te importa decirme de qué va todo esto?

Miré el reloj. Tenía que contar con que Eliska y sus compañeras hubieran decidido coger el metro.

—Te lo diré cuando vuelva.

—¿Y cuándo será eso? La última vez que saliste corriendo de este modo volviste horas después, inconsciente. ¿Vas a volver a hacerlo?

—No sé qué voy a hacer.

—¿Crees que me gusta esto?

—Creo que te preocupa. Que estás enfadada.

—¿Y? ¿No te importa?

Carol tenía razón en estar furiosa, pero dije:

—Tengo que irme. Lo siento muchísimo. No te quedes levantada por mí, por favor.

—Menuda... —Y soltó la obscenidad a la que tan a menudo solía recurrir.

Cogí la billetera y las llaves, y me dirigí a la puerta.

Carol me siguió.

—¿Eso es todo? ¿Vas a huir de noche sin dar ninguna explicación?

—Sí. Lo siento.

—Llévate la gabardina. Parece que va a llover.

Me apresuré a coger una del pasillo y, mientras esperaba el ascensor de nuestro rellano, nuestra vecina, la señora Conaway, volvió de la rampa de la basura con el cubo vacío. Me dio a entender con su mirada que había oído la voz insatisfecha de mi mujer.

Fui hasta Broadway, paré un taxi, y me dirigí al este. Sonó mi móvil. Volvía a ser el camarero.

—Se me ha ocurrido que debía decirle que la chica ha bebido mucho.

—¿Cuándo han salido?

—Hace unos cinco minutos.

—¿Cabe la posibilidad de que hayan cogido el metro?

—No sé si podría caminar tanto.

Le di las gracias y colgué. Sonó otra vez mi móvil.

—¡Con las prisas te has llevado mi gabardina, George! —Teníamos cada uno una gabardina azul y las dos iguales.

Desconecté el móvil. Enseguida estuve en la Ciento Nueve con Lexington. Encontré una tienda de bebidas alcohólicas desde la que podía observar el cruce. No era el mejor barrio del mundo. Una zona de atracos, incendios y una gran variedad de actividades ilícitas. Si quisieras abrir un negocio allí, los recargos reflejarían el riesgo añadido del barrio.

Cinco minutos más tarde un taxi bajó por la calle Ciento Nueve y se detuvo. Bajaron tres chicas, entre ellas Eliska, fácilmente reconocible no sólo por su esbelta figura sino por los guantes oscuros que llevaba y que contrastaban con la palidez de sus brazos a la luz de las farolas.

Las seguí. Se detuvieron en mitad de la manzana, consultaron un trozo de papel y se metieron por una puerta. Oí la música que salía de las ventanas abiertas a varios pisos de altura, rebotando en los edificios de enfrente. El palpitante zumbido de una fiesta. Me detuve a unos seis metros de distancia, preguntándome qué hacer. Se detuvo otro taxi y bajaron de él más jóvenes que fueron directos hacia la puerta. Tenían un aspecto prepotente y con un glamour del tres al cuarto. Luego un grupo de cuatro rodeó la esquina y entró con resolución.

De modo que era una gran fiesta. ¿Podría entrar?

Eres un tipo mayor con canas, me dije, se te verá fuera de lugar. Me puse la gabardina de mi mujer. No me iba bien. Había algo en el bolsillo. Las gafas de sol de sus paseos por Riverside Drive. Volví sobre mis pasos hasta la tienda, donde había unos chicos comprando donuts. Todos llevaban gorras de béisbol.

—Eh, tíos —dije—. Necesito comprar una gorra de béisbol.

—No están en venta.

—Os daré veinte dólares.

—Olvídelo, señor.

—Cuarenta.

Eso les hizo cambiar de actitud. Tenía que escoger entre una de los Yankees, otra de los Raiders y otra de algo llamado Uptown Diesel Records, con letras rojas. Me llevé esta última.

—Ésta vale más. Sesenta, seis cero.

Le pagué. Me la encasqueté, me puse las gafas de mi mujer, y me miré en el escaparate de la tienda.

Tenía un aspecto ridículo. Y sin embargo... justificable

en potencia. Regresé a la puerta por la que habían entrado Eliska y sus dos compañeras, llamé y entré. En el interior había un par de tipos enormes, ambos hablando por teléfono. Los saludé con una inclinación de la cabeza.

—Espera.

Me detuve.

—¿Quién eres?

No vi ninguna lista de invitados.

—De la compañía de gestión.

—¿De la qué? —dijo uno de los tipos corpulentos.

Me quedé mirándolo fijamente con mis estrafalarias gafas de sol y esperé.

—Está bien. —Señaló la puerta.

Subí en un ascensor con tres chicas más y un chico bien vestido que había invertido hacía poco en un transplante capilar. Traté de no mirar fijamente las hileras uniformes. Mientras, las chicas hablaban de zapaterías del Village. Parecían estar tolerando al chico de los auriculares. El ascensor se detuvo y salimos a una enorme habitación abarrotada de gente. Hacía veinticinco años que no estaba en una fiesta así. Olía a cigarrillos, hierba, alcohol y tal vez hachís. La habitación estaba en penumbra y me parecía que el espacio no se acababa nunca: la música salía de alguna parte y había grupos de mesas a los lados y varias barras abiertas. No me quité las gafas de mi mujer, como si eso importara.

Tardé más de treinta minutos en localizar a Eliska. Estaba sentada en un sofá largo, con un vestido corto verde y zapatos de tacón, fumando un cigarrillo con los guantes puestos mientras hablaba con otra mujer. Observé desde un rincón, asegurándome de que no me veía. Llevaba su pelo oscuro recogido en lo alto de la cabeza, con varios mechones sueltos. Resultaban atractivos. Luego pasé por detrás, lo suficientemente cerca para oír lo que decía.

Hablaba de algo relacionado con Praga, el panorama musical de la ciudad o algo parecido. Luego el mundo de la pasarela en París, en Londres, y cierto champú que costaba conseguir a menos que conocieras a las personas adecuadas. Todo era ebriamente insípido. Escuché otros cinco minutos con la mente algo distraída.

—Volveré allí en cuanto pueda —dijo Eliska de pronto—, con suerte la semana que viene.

—¿Por qué?

Sí, ¿por qué?, pensé. ¿Porque todos tus novios acaban muertos?

—Es este país. Creía que quería vivir en Estados Unidos, pero es muy estresante.

No me extrañaba. Me quité las gafas de mi mujer y rodeé el sofá.

—Eh, hola —dije.

Ella me miró con cara adusta y me preocupó que creyera que la había seguido hasta la fiesta.

—¿Señor Young? ¿Qué hace aquí?

—Pensé que podría encontrarla —respondí evasivamente.

Eliska sonrió con aire soñador.

—Es muy extraño encontrarle aquí. —Estaba borracha, era cierto—. Te presento a mi amigo el señor Young —le dijo a su amiga, que me miró—. Creía que iba a ser una gran fiesta, pero creo que me he equivocado. ¿Sabe...? —Recogió la copa del suelo, bebió y me miró.

—¿Sí?

—La gabardina le va pequeña.

—Sí.

Se levantó tambaleante. Con los tacones era lo bastante alta para que nuestros ojos estuvieran a la misma altura.

—Me quiero ir. ¿Puede buscarme un taxi?

Salimos y caminamos hacia la esquina de Lexington Avenue. Tardamos un rato, pero al final pasó un taxi. Abrí la portezuela. Ella subió de un salto.

—¿Y bien? —dijo Eliska.

—¿Qué?

—¿No va a subir también?

Subí. Eliska se echó hacia adelante y le dio al taxista su dirección de Broome Street, que era también la última dirección de Roger Corbett.

—Es extraño que me haya encontrado con usted en esta fiesta —musitó, encendiendo otro cigarrillo y tirando la cerilla por la ventana—. ¿Conocía a alguien?

—En realidad, no.

—Yo conocía a unos cuantos. Estaban relacionados con una nueva película, creo.

Guardamos silencio mientras el taxi avanzaba a toda velocidad hacia el centro. Ella se tiraba continuamente de los puños de los guantes, colocándoselos bien. El olor a su perfume y a cigarrillo llenó el taxi.

—Escuche —empecé a decir—. Necesito hablar con usted sobre...

—Un momento. —Eliska sacó el móvil, marcó y dijo algo que sonó checo. Habló rápidamente con voz animada. Me puse tenso y ella pareció entenderlo—. Es sólo una amiga. Va a mudarse aquí y he quedado el domingo con ella para comer.

¿Me lo creía? Tal vez. Necesitaba decirle que iría a buscar las cajas de baratijas de rodio a la mañana siguiente sin darle a entender que sabía lo mucho que valían. Luego la dejaría en su edificio antes de regresar a toda velocidad hacia el West Side. Y en cuanto hubiera trasladado las cajas a su piso al día siguiente, no volveríamos a tener ningún trato. Pero Eliska se desplomó en el asiento, aparentemente adormilada por la larga noche de copas, y no me atreví a presionarla con un plan. Era probable que en su estado no recordara lo que habíamos acordado.

El taxi se detuvo en Broome Street.

—Está bien, escuche —empecé a decir—. La llamaré por la mañana para hablar...

—Espere, George. Hablaremos ahora de todo —dijo ella pronunciando mal las palabras mientras abría la puerta del taxi—. No estoy demasiado borracha, se lo prometo. Me tomaré un café y estaré bien.

—¿Está segura?

—Sí, por supuesto. —Apoyó sus largas piernas en la calzada—. ¿No va a subir conmigo?

Respiré hondo. Era tarde y las circunstancias eran cuestionables. No des por hecho nada, me dije. Recordé sus dedos deslizándose por mi mejilla, y cómo había sabido lo que Roger Corbett había sentido. Me pregunté si la esperaba alguien arriba, el mismo hombre u hombres que, según ella, la habían amenazado. Ella acababa de hacer una breve llamada a alguien y había hablado en checo. No subas, pensé.

—¿George? —insistió—. ¿Viene?

Saqué la billetera para pagar al taxista.

—Sí, ya voy.

x. Noches alegres,
mañanas tristes

No me importó seguir a Eliska por las escaleras de su edificio.

—Estoy un poco bebida —dijo ella con picardía.

Y toda la reserva que había demostrado se desvaneció, dando paso a un sincero y provocativo abandono liberado por una noche de música, gente y alcohol. Allí estaba la Eliska que yo aún no había visto, la mujer que se había divertido con un mafioso ruso, la mujer en quien Roger Corbett había encontrado consuelo en su desgracia.

—Ya hemos llegado —dijo en lo alto del rellano—. Aquí es donde vive la pobre modelo de manos checa en Nueva York.

La puerta de su apartamento estaba pintada de azul marino. La abrió torpemente con las llaves y le dio un pequeño empujón. La seguí tímidamente, esperando a ver si había alguien más.

—¿Ha tomado al menos una copa en la fiesta?

—No.

Cerró la puerta detrás de mí, echando la llave con las manos enguantadas. Me llegó su perfume.

—¿Le apetece una?

—Sí.

Su apartamento era muy pequeño, más o menos dos habitaciones y un cuarto de baño. La cocina estaba separada de la sala de estar por una sencilla mesa de madera. Me senté en una de sus dos sillas. Eliska cogió una botella de encima de la nevera y encontró dos copas.

—El apartamento de Roger era exactamente igual —dijo—. Pero justo debajo. El verano pasado a veces subía por la escalera de incendios. —Señaló la ventana. Todos sus zapatos estaban pulcramente alineados debajo: chancletas, zapatos planos, botas, zapatillas de deporte, sandalias de tacón con tiras.

De modo que me encontraba en un espacio idéntico al que había ocupado Roger: todo un descenso comparado con la casa de cuatro millones de dólares de Cove Road, en el barrio Orienta de Mamaroneck, flanqueada, por un lado, por las aguas del estrecho de Long Island y, por el otro, por una pista de golf.

—He ido a la fiesta para encontrarla —confesé.

—Lo sabía —dijo ella dejando dos copas—. No soy completamente estúpida, ¿sabe?

—El camarero del Blue Curtain Lounge me ha avisado.

Asintió.

—Creo que no le gusto.

—En la fiesta le he oído decir que se va a ir de Estados Unidos.

—Es posible.

—¿Por qué?

Se sentó y bebió de su copa. No sé por qué, pero al verla sostener la copa con las manos enfundadas en guantes negros, tuve una sensación inquietante.

—Oh, estoy harta de esto. Mire este piso.

No me la creí del todo.

—Sigo teniendo la sensación de que conocía usted a

Roger —dijo pensativa—. Es curioso. Quiero decir, extraño. —Bebió—. No lo sé. No puedo decir que siga triste. Nunca lo quise, por supuesto. No fue eso. Y si le soy sincera, creo que él tampoco me quería. Yo era como un pasatiempo o más bien una distracción para él. Él pensaba en otras cosas: cómo conseguir un trabajo, sus hijos, cosas así.

—Tenía muchas preocupaciones.

—Sí, su madre, sus hijos, el dinero. Podíamos ser sinceros el uno con el otro. Podía explicarme cosas y sabía que yo no formaba parte de su vida, que no me importaba. Le hice muchas preguntas sobre su mujer. —Eliska me miró desde detrás de su copa y sonrió—. Está bien, reconozco que me interesaba, ¿vale? Ella le decía que había trabajado mucho para ayudarlo en su carrera y que necesitaba que ganara más dinero. Decía que el dinero le importaba más de lo que había creído. Eso fue una sorpresa para Roger. Se pelearon sobre cuánto dinero sería suficiente. A mí me parecía extraño, porque soy de un pueblo checo donde mi padre repara sus propios zapatos con trozos de neumáticos viejos. Roger y su mujer no tenían una buena vida sexual, él me lo dijo. Pero, la verdad, no me extraña, porque Roger no era muy bueno en la cama. Creo que era un hombre cansado. Agotado. No hacía ejercicio. Tenía cincuenta y un años y había empezado a tirar la toalla. Los hombres tiran la toalla. Me lo dijo él. Nadie lo dice, pero es cierto. Dijo que los miras y sabes que han tirado la toalla. Tarde o temprano, pero lo hacen. Una mañana lo vi mirándose el vello gris del pecho en el espejo. Me dijo que le dolían las rodillas a todas horas. Creo que lo que más deseaba en el mundo era estar con sus hijos.

Las palabras de Eliska quedaron suspendidas un momento en su pequeño y sombrío piso, y pareció que no había decidido qué más decir. Sin embargo, tuve la sensación de que, tal vez bajo los efectos del alcohol, necesitaba explicar a alguien no tanto por lo que había pasado Roger, sino lo que ella había soportado. Y quizá yo era el público adecuado, dado mi interés por él.

—Me dijo que su mujer era buena madre y que lo hacía bien con los niños —continuó por fin—. Me enseñaba fotos de ellos, y era cuando se ponía más triste, ya sabe. Me dijo que cuando perdió su último trabajo su mujer se operó los pechos sin consultarle. Eso lo asustó, porque significaba que pensaba dejarlo. Se operó mientras los niños estaban en las colonias de verano. Y también se hizo un tratamiento dental. Él observó cómo lo planeaba todo. Se sintió triste por ella. Triste y enfadado. Me contó que sacó mucho dinero de la casa y lo invirtió en un gran negocio de Internet en el que lo perdió casi todo. Se quedó atrapado en ello. ¿Cómo lo llamó?, sí, «una manía nacional». Y dijo que si pudiera volver a empezar, haría lo contrario de lo que había hecho. A veces lloraba un poco, la verdad.

Se levantó y volvió a acercarse a la mesa, donde había un bote de crema hidratante, vaselina y una caja de guantes de látex translúcido.

—No tenía celos de los amantes que había tenido antes que él y eso, como dicen ustedes, era como quitarse un peso de encima. Éramos como dos desconocidos que se topan en Nueva York. No es como en Praga, donde todo el mundo se entera de todo. En Nueva York nadie te conoce. Eso es bueno y malo. La gente se mezcla de formas extrañas, sobre todo si se siente sola. —Me miró—. Lo reconozco, yo me sentía un poco sola cuando conocí a Roger. No me importó que tuviera el pelo gris o que estuviera demasiado gordo. He tenido novios muy delgados y musculosos, por supuesto, y lo prefiero, pero Roger era algo nuevo para mí.

Se quitó los guantes negros, se limpió las manos con una toallita, se echó un poco de crema hidratante en la palma de la mano izquierda y empezó a extendérsela por los dedos.

—Me decía que cuando iba a una entrevista de trabajo intentaba dar la impresión de que no necesitaba el empleo porque así era más probable que se lo ofrecieran. Una vez me contó que bajó al sótano y vio que había desaparecido toda la vajilla de porcelana antigua, y cuando preguntó a su mujer dónde estaba, ella le dijo que la había vendido sin comentárselo. Creo que esto fue una gran sorpresa para él, porque era la vajilla de porcelana de su madre, no de la de ella. Me dijo que la abogada de su mujer sólo lleva los divorcios de las mujeres ricas que viven en Nueva York. Nunca de hombres. Me dijo que su mujer tenía un plan, y que buscó en San Diego colegios para los niños y un lugar para vivir. Sus padres también vivían allí y empezó a ir en avión. Él dijo que pagó a un detective privado...

—¿Hicks? —El hombre que la madre de Corbett contrató y que de mala gana me facilitó la dirección de Eliska, advirtiéndome que no sabía dónde me metía. Él también había tenido razón.

—No sé cómo se llamaba. —Eliska se frotó los dedos con la crema. Parecían de cera o mármol, casi espectrales—. Se suponía que tenía que averiguar qué hacía su mujer y la siguió hasta una gran fiesta en una carpa a rayas que estaba relacionada con el hospital, y luego hasta la casa del médico, que tenía cuatro coches en el camino de entrada. Roger dijo que sus hijos no entendían por qué su padre y su madre se habían separado, y que la noche que se fueron en avión de Nueva York, su hijo lloró sin parar y pegó a su madre con los puños. Roger dijo que no entendía por qué su propia madre era tan amable con su ex mujer, que tal vez era por los nietos, pero no estaba seguro. A veces creía que debería mudarse a San Diego para estar cerca de sus hijos, pero todos sus contactos laborales estaban aquí, en Nueva York. Le pregunté si había tenido alguna novia después de su ruptura matrimonial, y me contestó que había perdido la confianza en los asuntos amorosos o algo así, que yo sólo era un regalo temporal y que no esperaba que estuviera mucho tiempo con él. No lo decía enfadado ni nada parecido, sólo constataba un hecho. Creo que Roger era un hombre muy realista. Cada pocas semanas volaba a San Diego para ver a sus hijos unos días y se alojaba en el Holiday Inn. Era muy duro para él, ya sabe. A veces me llamaba el día que tenía que despedirse de sus hijos diciéndome que era muy doloroso dejarlos, que lloraban mucho. Me contaba que no le dejaban pasar la noche en la misma casa que su ex mujer, pero una vez fue al cuarto de baño y miró en el armario de las pastillas, ¿cómo se llama?, el botiquín, y vio todos los fármacos que tomaba y se sorprendió, porque ella normalmente trataba de hacer una dieta sana, y allí había pastillas para la ansiedad, para la depresión, para dormir, etc. Es muy peligroso mezclar fármacos. A sus hijos les iba bien en el colegio, pero él sospechaba que ese colegio no era tan bueno como el anterior. A su hijo le gustaba practicar deportes y esperaba que eso le hiciera feliz. Su hijita se había apuntado a un club de natación, Los Delfines o Los Pececillos, o algo así, y eso estaba muy bien.

Eliska se echó crema blanca en la palma de la mano derecha y empezó a extenderla sin dejar de hablar, en un tono casi monótono, como si el ritual de ponerse crema en las manos fuera hipnótico y diera rienda suelta a los recuerdos.

—Decía que a su mujer le preocupaba mucho el futuro, pero él no podía hablar con ella de eso. Se alegraba de poder seguir pagando las matrículas de los niños. Creía que los padres de su mujer no se alegraban tanto de que ella viviera con ellos, aunque tenían una casa grande. La madre tenía problemas digestivos, colitis, y el padre, un principio de demencia senil; ponía un zapato en el microondas y llenaba la cocina de humo. Traté de explicarle a Roger cómo era crecer en un pueblo de las afueras de Praga, pero no creo que lo entendiera. De hecho, creo que yo entendía a Roger mejor de lo que él me entendía a mí. Pero eso es normal con los hombres.

»Decía que a veces se preguntaba en qué punto se había torcido su vida y que deseaba volver a empezar. Decía que quería mucho a su padre, pero que no lo había conocido bien porque siempre estaba trabajando cuando él iba al colegio. Decía que su padre se había divertido mucho, y que la única manera de averiguar algo era hablar con las personas que lo habían conocido, si lograba dar con ellas. Habló con unos ancianos de aquí de la ciudad y creo que averiguó algo, y también habló con alguien que trabajaba con su padre. Hasta compró por eBay una vieja guía de Manhattan para tratar de averiguar dónde vivían esas personas. Sabía de una mujer que tal vez había conocido a su padre, pero no podía demostrarlo. De modo que pensé que mi amigo Roger se encontraba en una situación horrible. Su madre estaba enferma y tenía que operarse del corazón. Nunca le hablaba de su padre. Era muy..., ¿cuál es la palabra?, hermética. No quería hablar de muchas cosas. Luego estaba su propio divorcio. Era un hombre que había caído tan bajo con respecto a su vida anterior que ya no sabía dónde estaba.

Eliska había terminado con la segunda mano e introdujo la primera en el ancho tarro de vaselina.

—Ya ve todo lo que me contó de su vida y lo bien que

me acuerdo de todo ese dolor. No estoy tratando de ocultar nada. A él ya no le queda privacidad, y al contarle todo esto espero entregarle estos recuerdos a usted de modo que yo pueda olvidar. Sé que soy mucho más joven que usted, pero creo que he visto muchas cosas: primero en la República Checa, donde crecí con todos esos viejos fantasmas de las guerras y el control soviético, después en París, con mi novio ruso y todo lo que le pasó, y luego con Roger.

Con las dos manos untadas de vaselina, cogió uno de los guantes de látex por la punta de uno de los dedos y se lo puso. El efecto era extraño; pensé en condones y en médicos haciendo sus revisiones anuales. Se puso el otro guante y de algún modo el hechizo se rompió. ¿Qué podía ser más antinatural que dormir con guantes de látex?

Apuré mi copa. Hazlo ya, pensé.

—Si tanto se compadecía de él, ¿por qué guardó en su piso esas cajas que alguien podía querer?

—Porque él me dijo que lo hiciera, que no había problema.

—Antes ha dicho que no habló con él de ellas.

—A lo mejor le mentí.

—¿Sobre qué más ha mentido?

—Nada más.

Esa respuesta me irritó. Las pequeñas mentiras solían proteger las grandes.

—Eliska, ¿por qué sigue funcionando el móvil de Roger? Ella miró el reloj.

—No lo sé.

—¿Quién está pagando la factura? ¿Quién necesita llamar a un hombre muerto?

—No lo sé.

Cogí mi móvil, lo conecté y busqué el número de Roger, el que había marcado antes para recibir su saludo grabado. Ella vio que estaba a punto de llamar.

Se encogió de hombros.

—¿Va a darme las cajas, George?

No supe si la pregunta se quedaba allí o había algo más, una amenaza tal vez. ¿Había sido demasiado agresivo con mis preguntas?

—¿O ha decidido quedárselas?

—No, para nada. Llevo toda la noche queriéndoselo decir. Se las daré todas mañana.

—¿En serio? —Eliska se animó ante la perspectiva, y sus manos parecieron adquirir una vida que yo nunca había visto.

—Se las traeré.

—Estupendo.

—Pero sigo sin saber quién tiene el móvil de Roger y puede que ahora mismo lo averigüe. —Y apreté el botón de llamada de mi móvil.

En ese momento Eliska pareció oír algo y miró hacia el pasillo, de donde llegaron dos sonidos: el de una cerradura que se abría y el de un teléfono sonando. Un hombre corpulento entró por la puerta con una llave en la mano, seguido de otros dos. Se detuvo para sacar el móvil del bolsillo y lo abrió.

—¿Diga?

Lo oí con los dos oídos.

—¿Hola? —dije hacia mi móvil, momentáneamente confuso.

Luego me di cuenta de que había llamado al móvil que él tenía en su mano. Me levanté instintivamente.

—¡Siéntese! —ordenó el hombre.

Miré a Eliska. Se alisaba los dedos translúcidos de los guantes de látex, aparentemente ajena a todo.

El más corpulento de los tres hombres tenía una expresión inteligente y un rostro mofletudo; me recordaba a Boris Yeltsin, más joven, con menos canas, el de los años en los que aún no había caído en la cuenta de que nunca lograría superar las tácticas del KGB. Tenía el pecho ancho y parecía seguro de su gravedad intrínseca; le dijo a Eliska algo en lo que me pareció ruso. Ella se encogió de hombros, se levantó, entró en el dormitorio y cerró la puerta con un clic.

—Señor Young —me dijo Yeltsin—. Es hora de hablar. Mi amiga Eliska dice que tiene algo que me pertenece.

—¿Como qué? —Hazte el tonto, me recordé.

—Eliska tenía un novio, el señor Roger Corbett, y antes de que lo mataran llevó a su piso unas cajas, que son mías, para esconderlas. Ese hombre no sabía nada de las cajas, y cuando un camión lo atropelló su mujer se las llevó a un trastero.

—Exactamente.

—Eliska dice que usted sabe cómo entrar en el edificio del trastero.

Asentí, alegrándome de no haberle dicho qué guardamuebles había escogido la mujer de Roger Corbett.

—Así es. Y como acabo de decirle a ella, me ofrezco a traerle las cajas.

Mi buena disponibilidad le hizo recelar.

—No, no irá usted a buscar las cajas. Nos dirá dónde está el edificio y nos dará la llave especial, por supuesto.

—No serviría de nada. —Le hablé de la lista de nombres autorizados que tenían, además de las cámaras de seguridad.

Él guardó silencio, al parecer poco impresionado por mi explicación. Me fijé que tenía una mancha negra en la uña del pulgar: sin duda se lo habían aplastado.

Lo más inteligente era mantener la boca cerrada. Pero no lo hice.

—¿Sabe? —dije—. Me preguntaba por qué tiene el móvil de Corbett. Sobre todo teniendo en cuenta que él lo llevaba encima la noche que murió.

Yeltsin se encogió de hombros.

—No es el original. Eliska sabía su... —Le gritó algo en ruso, y ella respondió desde el dormitorio—. Sí, contraseña es lo que quiero decir, ella la sabía y lo reemplazamos por otro. Sólo me lo ha prestado.

Una explicación poco convincente. Al final caí en la cuenta de que si los hombres querían averiguar qué había sido de las baratijas con rodio, tal vez también habían querido saber a quién había telefoneado Roger Corbett antes de morir. Al no tener el móvil que llevaba él encima ni su memoria, debían de haber solicitado duplicados de las facturas, obteniendo así los números de todas las personas a las que había llamado.

—De todos modos, no tengo inconveniente en ir a buscar las cajas.

Yeltsin me miró con odio. Mi estupidez genial no había colado.

—Le enseñaré algo —dijo—. Por favor, mire.

Sacó otro móvil y apretó unos botones. Volvió el móvil hacia mí y me enseñó la foto de una joven al lado de una furgoneta con otras chicas.

—Mire ahora.

Apretó un botón y apareció otra foto: mi hija Rachel. Del día anterior en las montañas de Estes Park, Colorado, con el equipo de voleibol.

Le arrebaté el móvil, como si Rachel estuviera aprisionada en él.

Noté que una mano se posaba pesadamente en mi cuello. Cuando la mano aflojó la sujeción, me dejé caer en el sofá, con los dos hombres más jóvenes detrás de mí. No importaba que fuera abogado y que todavía conociera a gente en las oficinas del fiscal del distrito de Queens, Manhattan y Brooklyn. Me invadió un pánico angustioso de que le hubieran hecho algo a Rachel, de que fuera demasiado tarde.

Pero el Yeltsin de pelo oscuro iba por delante de mí.

—Llámela.

Saqué mi móvil y vi cinco llamadas perdidas de mi mujer. Busqué el número de Rachel.

—Un momento —dijo—, enséñemelo.

Le enseñé el nombre que aparecía en la pequeña pantalla: RACHEL.

—Bien.

Marqué, observando cómo me miraba Yeltsin.

—¿Hola? —respondió una voz soñolienta—. ¿Papá? ¿Qué hora es allí?

—Hola, cariño.

—¿Pasa algo?

—Quería saber qué estabas haciendo.

—Papá, necesito dormir. Nos vamos a levantar a eso de las cuatro y media para empezar a caminar.

Yeltsin me miró y se sacó una pistola automática del bolsillo. Me llegó un olor a aceite.

—Sólo quería darte las buenas noches.

—Bueno. —Noté confusión en su voz.

—Te quiero, cariño. Buenas noches.

Colgué.

—Ahora deje que le enseñe esto. —Yeltsin me enseñó su móvil, que mostraba un vídeo en la pantalla—. Mire bien. —El cielo de las montañas de noche. El letrero del motel de Estes Park, la furgoneta de la universidad en la que habían viajado las chicas ese día—. Tenemos a nuestro hombre allí.

—Entiendo.

—Hará lo que yo le diga.

—He dicho que iría a buscar las cajas. ¿Qué problema hay?

—El problema es que es un riesgo demasiado grande, porque sabe lo que hay dentro.

—No lo sé. Quiero decir que vi adornos navideños o algo así.

Yeltsin tocó su móvil y me enseñó la pantalla. Allí estaba yo entrando en Diamond District Assaying and Smelting de la calle Cuarenta y Siete.

—Ahora sabemos que miente —dijo Yeltsin.

Tenía razón.

—El guardamuebles está cerrado ahora. —Si no estaba equivocado, abría a las siete—. Además, necesito las llaves.

—¿No las tiene?

—Están en mi casa.

—Nos aseguraremos.

Me miraron la boca, la camisa, los pantalones, el cinturón, los zapatos, los calcetines.

—Lo mejor es que vaya a buscar las llaves y me reúna con ustedes.

—No, iremos juntos.

Se quedaron a mi lado mientras nos preparábamos para irnos, asegurándose de que sentía su amenazante presencia. En ese momento se abrió un poco la puerta de Eliska: primero miró a los hombres y luego, con las puntas de látex de los dedos enguantados apenas visibles y sus ojos grandes y oscuros a pocos centímetros de los míos, me miró a mí.

Ésa fue la última vez que la vi.

En la calle los hombres me hicieron subir a una furgoneta abollada y se dirigieron a las afueras. Eran las cinco de la madrugada, de modo que faltaban dos horas para que abrieran el guardamuebles. Mi hija estaría caminando por la montaña a las seis, las ocho en Nueva York. Intuía que había algo en eso, pero no estaba seguro de qué. Me dolía la cabeza por la falta de sueño. Subimos por Upper West Side. Me pregunté si mi mujer me estaría esperando despierta. Aparcamos en la acera de enfrente de mi casa.

—Bueno, ¿no van a entrar conmigo?

Se miraron sin saber qué hacer, tal como había esperado.

—Si me dejan entrar solo, podría llamar a la policía.

—Le acompañaremos —dijo uno de ellos.

—¡No! —gritó Yeltsin—. ¡Hay demasiadas cámaras, estúpido!

Señaló las cámaras de seguridad instaladas en las esquinas de mi edificio. Estábamos en un aprieto: necesitaban que yo entrara en el edificio, pero no podían dejarme entrar.

—Quiero algo.

—¿Qué?

—La factura de febrero del móvil de Roger Corbett. La correspondiente al día que murió, el cinco de febrero.

—¿No lo entiende? Hemos localizado a su hija.

—Escúcheme bien. Usted quiere las llaves del guardamuebles y yo quiero la factura del móvil. Cuando me hizo llamar a mi hija desde el apartamento de Eliska creó una localización temporal de esa llamada. Trabajo en el mundillo de los fraudes fiscales y estamos totalmente al día de la tecnología de triangulación móvil. También alertaron a mi hija de que pasaba algo. La policía encontraría rápidamente a Eliska, ya que la he llamado antes y ellos lo averiguarían. —Hice una pausa—. De modo que tienen que jugar según mis reglas. Además, mi mujer trabaja para uno de los principales bancos del mundo, con un equipo de seguridad de talla mundial. Tienen príncipes saudíes yendo y viniendo. Tiene contactos en el Departamento de Policía de Nueva York, en el Departamento de Justicia, mucha gente.

Yeltsin hizo una mueca.

—Le escucho.

—Es muy sencillo. Yo iré a buscar las cajas, pero quiero la factura de móvil.

Los demás hombres observaban a Yeltsin.

—Lo haremos a su manera —dijo.

Bajé de la furgoneta. Necesitaba desesperadamente un café; tenía muchas cosas en que pensar. Entré en mi edificio. El portero de noche, James, se sorprendió de verme.

—Voy a volver a salir enseguida y quiero que me preste una carretilla de mano —le pedí—. ¿Puede conseguirme una?

—No hay problema, señor Young.

Subí y entré en el apartamento. Mi mujer dormía en el sofá. La dejé dormir, sabiendo lo enfadada que estaría conmigo si se despertaba. Cogí las llaves del guardamuebles. Luego llamé a Yeltsin, marcando el móvil de Roger Corbett. Contestó, pero no dijo nada.

—Voy a desayunar algo —dije—. Necesito un café.

Me insultó.

—Le llamaré cuando haya terminado.

Huevos con tostadas. Sentí cómo el café estimulaba mis sinapsis. Luego llamé a Laura, mi secretaria. Quería que fuera inmediatamente a mi oficina, dije. La llamaría justo después de las siete y necesitaba que estuviera allí. Naturalmente, se sorprendió.

Eran casi las seis de la mañana. Llamé al garaje situado a dos manzanas de casa, donde guardábamos nuestro Nissan Murano azul, y les dije que pagaría doscientos dólares si alguien me lo llevaba inmediatamente a mi apartamento. Eso los motivó.

—Voy a salir corriendo del edificio y, en cuanto suba, quiero que el tipo salga lo más rápidamente posible.

—Suena a fuga.

—Sí. —Colgué.

Mi mujer entró en la cocina. Bajo las luces del techo parecía exactamente lo que era: una mujer de mediana edad que no había dormido bien.

—George, ¿qué está pasando?

—Iremos a cenar esta noche y te lo explicaré.

—¿Vamos a salir a cenar? —Su reacción reflejó lo poco que salíamos.

—Sí. Duerme otra hora.

Me miró entornando los ojos, luego entró en el dormitorio.

Reuní los distintos llaveros y bajé en el ascensor. Fuera esperaba mi coche. Cogí la carretilla que me ofrecía James y llamé a Yeltsin.

—¿Sí?

—Saldré dentro de diez minutos.

—O entraremos a buscarle. Usted mismo.

—¿Tiene la factura?

—Estamos en ello.

—Diez minutos. También va a necesitar un fax.

Dicho esto, corrí hasta mi coche y abrí el maletero, tiré la carretilla y me senté en el asiento del pasajero.

—¡Vamos! —grité.

El encargado salió de allí como si hubiera visto muchos episodios de *Los duques del peligro* y dobló la esquina de la calle Diecinueve. Le dije que se bajara del coche, lo que estuvo encantado de hacer. Me senté entonces tras el volante y giré a la derecha en Broadway en dirección sur.

Sonó el móvil.

—Un buen truco —dijo Yeltsin.

—Enseguida le llamo —dije—. Asegúrese de que tiene esa factura y un fax.

No me seguían. Enfilé hacia el sur de Manhattan. A las siete me detuve frente al guardamuebles y no tardé en estar dentro, empujando la carretilla por el suelo frío. Luego abrí el trastero, donde los efectos de Roger Corbett esperaban en montones separados, tal como yo los había dejado la última vez. Encontré las cinco cajas de baratijas de rodio y las puse en la carretilla. Pesaban unos quince kilos cada una, y, sin molestarme en hacer cálculos, supe que en cada caja había rodio por valor de un millón de dólares, que cuando lo fundieran entraría en el mercado global al precio al contado y reaparecería como equipo electrónico especializado o, más probablemente, disperso en cantidades minúsculas en un número elevado de catalizadores. Cuando ya estaba a punto de cerrar la puerta, me acordé de algo. Entré de nuevo y encontré la guía de páginas blancas de Manhattan de 1975 que Roger Corbett había comprado por eBay poco antes de morir. Luego cerré la puerta con llave y corrí hasta mi coche. Dejé las cajas en el maletero, y la guía y la carretilla en el asiento trasero.

Eran las 7.14. Llamé a mi hija.

—¿Papá?

—¿Dónde estás?

—En la montaña. Me sorprende que funcione el móvil aquí.

—¿Dónde exactamente?

—Hemos subido un kilómetro.

—¿Sólo tú y el equipo de voleibol?

—Hay un par de tipos que nos van a enseñar.

—¿Montañeros duros y corpulentos?

Ella se rió.

—Sí.

—Si miras montaña abajo, ¿ves a alguien?

—No.

—Estupendo. Te llamaré esta noche.

Me detuve a reflexionar. Si le entregaba a Yeltsin las cajas de los adornos navideños dejaría de estar en posición de negociar. Pero si las colocaba lo bastante cerca para que me dieran la factura, podrían llevárselas sin llegar a dármela. Por esa razón había llamado a Laura y le había pedido que fuera a la oficina.

Mi siguiente llamada fue a Yeltsin.

—¿Dónde está?

—En el centro.

—Tenemos a su hija.

Lo insulté.

—Acabo de hablar con ella y está en la montaña con un grupo. Estará fuera de peligro durante muchas horas. Su hombre no está cerca. Pero no se imagina lo que sigue.

—¿Qué? —dijo Yeltsin con un tono de desprecio.

—¿Tiene la factura del móvil?

—No, pero sé de alguien que la tiene.

Le di un número.

—Pídale que me la envíe por fax. Ahora mismo.

Esperé unos minutos y luego llamé a Laura. Ella confirmó que acababa de llegar un fax de una página de una factura de la compañía Verizon.

—Una parte está tachada.

—¿Hay alguna llamada de salida el cinco de febrero a la una y media de la madrugada?

—Sí. Es la última que no está tachada.

Me leyó el número y lo apunté. Un número de Nueva York.

—¿Cuál es la fecha de la siguiente llamada?

—Cinco días después. Todos los demás números están tachados.

—¿Y antes de eso todos los números son legibles?

—Sí.

Eso reflejaba hasta qué punto tenían claro cuándo habían terminado las llamadas de Roger y cuándo habían empezado las suyas.

—Dime el número del móvil de la cuenta.

Así lo hizo. Sí, era el número del móvil de Roger Corbett. Coincidía dígito por dígito.

Marqué el número de Yeltsin. Nos dimos indicaciones. Estaban agazapados en su furgoneta en la Treinta y Seis Oeste entre las avenidas Octava y Séptima, de modo que me dirigí a las afueras, pasé junto a ellos y me adentré en la Séptima hacia el sur.

—Pare el coche junto al mío, por el lado izquierdo —grité por el móvil.

Eso hicieron, justo enfrente de Macy's. Vi que uno de los hombres me miraba. Yeltsin iba al volante.

—Me detendré en el próximo semáforo rojo de la calle Treinta y Tres. Cuando abra el coche, cojan las cajas.

Antes de que Yeltsin pudiera protestar, el tráfico se detuvo. Pulsé el botón de abertura del portón trasero, que empezó a levantarse automáticamente. Los hombres no estaban preparados.

—¡Vamos! —grité por el móvil.

Dos hombres bajaron de la furgoneta, cogieron dos cajas cada uno y las tiraron con torpeza por la puerta lateral abierta.

Cambió el semáforo.

—¡Deprisa!

Los taxistas empezaron a tocar la bocina furiosos. A esa hora llevaban al centro a tipos de Wall Street impacientes por llegar a sus oficinas e incorporarse al frenesí del mercado global. Empecé a avanzar. Uno de los hombres resopló detrás de mi coche y cogió la última caja. Apreté el botón para cerrar el portón trasero, luego miré hacia la furgoneta abollada. Los hombres y las cajas estaban dentro, con la puerta lateral cerrada. Los taxistas que teníamos detrás seguían tocando la bocina. Dejé que la furgoneta me adelantara por mi izquierda, luego aceleré hacia la derecha. Después de dos manzanas, me metí por la calle Treinta y Uno en dirección oeste, por fin libre.

Sonó el móvil.

—No volveremos a vernos —gritó—, pero si causa problemas, le causaremos problemas. Sabemos dónde trabaja, dónde vive, dónde compra el vino, dónde estudia su hija, dónde peinan horriblemente a su mujer, incluso dónde enterró a su madre. Si va a la policía, diremos que cobró por robar las cajas. Entonces...

Colgué. Había sido suficientemente convincente.

Finalmente me detuve en el aparcamiento de Chelsea Piers, agotado. Había sido una larga noche, y una mañana breve, pero frenética.

Miré el número que me había leído Laura, los diez dígitos que había marcado Roger Corbett poco antes de su muerte.

Los marqué, un poco asustado.

—¿Diga?

Era la voz de una anciana que me resultaba algo familiar.

—¿Señora Corbett? —imaginé.

—No, no. Se equivoca.

—Su voz me suena.

—Me temo que...

—¿Anna? —balbuceé, reconociendo la voz de Anna Hewes—. Anna, soy George Young.

No respondió enseguida, pero su vacilación fue suficiente.

—Me preguntaba cuánto tardarías en llamar —dijo—. Aunque esperaba que no lo hicieras..., por tu bien.

—¿Por mi bien?

No hubo respuesta.

—¿Esperabas mi llamada?

De nuevo no respondió. Era increíble que el sujeto de mi búsqueda trabajara en mi mismo bufete. Además, ¿qué podía saber Anna? ¿Por qué ella? Pero dudaba que me lo dijera por teléfono. Tendría que esperar a ir a mi oficina.

—¿Por qué Roger Corbett se puso en contacto contigo? —pregunté, percibiendo la frustración en mi propia voz.

—No te conviene tener esta conversación, George —me advirtió—. Me has buscado tú, no yo.

—¿Como también te buscó Roger? —repliqué.

—Sí —respondió en voz baja—, de forma muy parecida.

XI. Una vida de cartas

Anna me esperaba en mi despacho, sentada en la silla que había frente a mi escritorio, con las rodillas juntas. Iba bien vestida, como siempre, perfectamente peinada y maquillada. Asintió en silencio, luego cerró la puerta.

—¿Cuánto hace que trabajas aquí, Anna?

—El señor Corbett me contrató cuando tenía veintiséis años —respondió—. De eso hace casi cincuenta.

Era asombroso trabajar tanto tiempo en una misma compañía.

—¿Nunca has trabajado para nadie más?

Anna hizo un gesto de negación.

—Sé que ya no soy útil. Cuando más eficiente fui fue a los cincuenta años, antes de tener artritis en las manos.

—¿Nunca has estado casada?

—Muy poco tiempo. No funcionó.

—¿Cuánto tiempo trabajaste para el viejo Corbett?

—Me contrató como una secretaria más, pero me cogió simpatía y enseguida me nombró segunda secretaria y luego, primera. De modo que fueron cuarenta y cuatro años en total.

—¿Entonces conocías bien a la señora Corbett y a su familia?

—Bastante bien.

—¿Y a Roger Corbett?

—Por supuesto. Me enviaba felicitaciones de Navidad cada año.

—Su madre me pidió que investigara las circunstancias de su muerte.

Anna asintió.

—Buscaba a alguien. Yo le sugerí tu nombre.

—¿Por qué yo?

—Eras la persona lógica.

Eso no tenía sentido para mí. Sostuve en alto la copia de la factura de Roger con su número.

—Estuvo sentado solo en un bar unos minutos antes de que lo atropellara ese camión de la basura. Hizo una última llamada, escribió algo en una servilleta y salió. No miró por dónde iba, y en la grabación del accidente parece estar revisando esa información. Creo que lo que le dijeron por teléfono era lo que estaba leyendo, y el hecho es que esa última llamada te la hizo a ti.

Anna se quedó allí sentada, tranquila, mirando a través de mí con sus ojos ancianos.

—Sí, la última persona a la que llamó Roger fui yo. Era tarde aquí. Yo estaba con mi hermana en un crucero por Alaska. Él me había llamado poco antes y yo le había pedido que volviera a hacerlo después de cenar, sin acordarme de la diferencia horaria. Roger se quedó levantado. Quería preguntarme el nombre de alguien.

Estaba a punto de preguntar de quién, pero la expresión de su cara me detuvo; parpadeó mientras me sostenía la mirada. Tuve la sensación de que creía que sus acciones habían sido rectas y que así lo debía entender yo, dijera lo que dijese.

—¿Sabes por qué sigue contratándome la compañía? —preguntó.

La pregunta me cogió por sorpresa.

—Supongo que por tu lealtad de todos estos años.

—¿Y nadie ha tenido el valor de obligarme a jubilarme? —Anna negó con la cabeza—. Vamos, George, puedes hacerlo mejor. —Al ver que yo no respondía, añadió—: La compañía genera más de un millón de documentos al año.

—Todos digitalizados.

—Sí. Pero no empezó a digitalizarlos hasta alrededor de 1980. Antes de eso todo era papel. Decidimos no digitalizarlo.

—¿Y tú sabes lo que hay en esos viejos papeles?

—Casi todos han pasado por mis manos. Y, lo que es más importante, conozco el sistema de archivo. Algunos de esos documentos siguen siendo relevantes. No todos, pero unos cuantos sí.

—Están guardados en alguna parte.

—En Secaucus, Nueva Jersey.

—¿Tiene algo que ver con que Roger te llamara la noche que murió?

—Sí.

—¿Entonces...?

De pronto Anna controlaba la conversación.

—Podría decírtelo, pero prefiero enseñártelo.

—¿Vamos a ir a Secaucus, Nueva Jersey?

Le pedí a Laura que nos procurara un coche. No tardamos en estar fuera, esperando uno de esos deportivos utilitarios grandes y negros que la industria automovilística norteamericana debería haber dejado de fabricar hace quince años, cuando todavía tenía alguna posibilidad de vencer a los japoneses. Pero al menos son cómodos. Llegó el coche y nos acomodamos en su interior.

—Nunca conociste bien al señor Corbett —empezó a decir Anna—. Sólo cuando era muy mayor, después de que declinara su salud.

—Tenía unos cincuenta años cuando lo conocí.

—Era una persona magnética. Trabajó mucho todos esos años. Cuando yo empecé, viajaba bastante. El bufete llevaba muchos casos relacionados con reclamaciones de material rodante. Cargamentos ferroviarios de sirope de maíz que se estrellaban y esta clase de cosas. De modo que el señor Corbett continuamente cogía aviones a lugares como Cleveland o Milwaukee. No siempre podíamos conseguir el abogado local que queríamos, o era más barato tratar directamente con los abogados del reclamante. Fui unas cuantas veces con él, pero normalmente me quedaba en la oficina. El señor Corbett ya estaba casado con Diana y tenía dos hijos, y Roger era el menor.

Nuestro coche había llegado al túnel de Lincoln.

—En fin, el señor Corbett tuvo un juicio en Milwaukee esa primavera. No esperábamos que lo ganara. Creo que estaba relacionado con un cargamento de cerdos que había volcado. Habían tardado dos días en sacarlos de los vagones y hacía frío, y la mayoría habían muerto. Miles de cerdos. Pero en una ocasión habían detenido al criador de cerdos por hacer descarrilar un tren, de modo que podía tratarse de un fraude. El señor Corbett no tenía por qué ir, pero quería estar ahí, así que le alquilé una habitación para dos semanas.

—¿En qué año fue eso?

Anna me miró.

—En 1960 o 1961.

Mi madre vivía entonces en Milwaukee. Una idea cruzó mis pensamientos, pero no dije nada.

—Lo pasó bien en Milwaukee y creo que ganó el caso. Pero cuando volvió, parecía ensimismado.

El coche se había detenido ante un almacén enorme.

—La segunda parte de la historia está en el interior de este edificio.

Enseguida nos encontramos en una sala bien iluminada de la longitud de un campo de fútbol; estaba dividida en distintas áreas enrejadas y en cada una había altas estanterías metálicas llenas de cajas amontonadas. Anna supo exactamente adónde dirigirse. Abrió la reja con el nombre de nuestro bufete, se acercó a un estante y encontró una caja en la que se leía «Corbett/privado». Revolvió dentro y sacó una carpeta amarillenta que me entregó.

—La mayoría de estos papeles están firmados por mí, pero los dictó él. Unos cuantos los escribí yo misma. Puedes quedarte con la carpeta, George. Creo que te pertenece por derecho.

No recuerdo el trayecto de vuelta a la ciudad, ni cómo llegué a casa ese día, porque estuve leyendo las cartas. Había por lo menos cien, las más antiguas eran copias mecanografiadas con papel carbón, las más recientes, fotocopias. Un ejemplo:

Estimada señora Young:
Adjunto le remito un talón por valor de 44,20 dólares para las visitas del médico y la receta para la infección de oído, tal como acordamos.

Atentamente,
Anna Hewes

Me fijé en que la carta iba dirigida a un apartado de correos de Grand Central; debía de estar a sólo unas manzanas de donde trabajaba mi madre entonces, después de haberse trasladado de Milwaukee a Nueva York conmigo, que entonces contaba dos años, y de haberse casado rápidamente con Peter Young.

Estimada señora Young:

Adjunto le remito un talón por valor de 650 dólares para la guardería.

Atentamente,
Anna Hewes

Estimada señora Young:

Adjunto le remito un talón por valor de 189 dólares para los campamentos de verano.

Atentamente,
Anna Hewes

Estimada señora Young:

Hemos recibido la fotocopia del boletín de notas que nos ha enviado. Todo sobresalientes bajos y notables altos menos en Música. ¡No está mal! Adjunto le remito un talón por valor de 3.025 dólares para las clases particulares del próximo otoño. En breve me pondré en contacto con usted para tratar de los próximos gastos de ortodoncia.

Atentamente,
Anna Hewes

Sujetos a cada carta con un clip había una copia del talón y papeleo interno. El gasto estaba anotado como «Deb/PS», un código que sabía que era la abreviación en inglés de «a cuenta de participación en capital social». Eso significaba que los gastos de mi educación, de los campamentos, de los aparatos, etcétera, provenían de los dividendos anuales de Wilson Corbett como socio, no de su sueldo. Era una elegante forma de cubrir mis gastos; el dinero que dio a mi madre nunca constó en sus finanzas personales y, por tanto, no se echó a faltar.

Estimada señora Young:

Ha llegado a nuestro conocimiento que hay un puesto vacante para verano en el Departamento de Correo de la oficina nacional de Coopers & Lybrand, en la Sexta Avenida. No es un empleo muy estimulante pero son 4,10 dólares la hora, lo que es una buena paga para un estudiante de instituto. Rogamos se ponga en contacto con la señora Penny McManus en su oficina de Recursos Humanos si esta oportunidad es de su interés.

Atentamente,
Anna Hewes

De modo que así fue como conseguí ese empleo. Mi madre me sugirió que acudiera a la entrevista y llegué muy nervioso con tres copias de mi currículum cuidadosamente mecanografiado. Me mandaron de la recepción al Departamento de Correo, donde me enfrenté con un anciano encorvado llamado Joe. Tenía el cuerpo demacrado, pero los antebrazos gruesos y las manos carnosas, y fumaba sin parar. Me dijo que llevaba treinta y dos años trabajando allí. Le entregué mi inútil currículum con solemne formalidad y dijo: «Levanta ese saco de allí, chico. —Señaló una bolsa llena de cartas—. Ponlo sobre esta mesa de clasificar». Con los ojos entrecerrados me sometió a un análisis ergonómico mientras yo lo levantaba. «Está bien. Preséntate aquí mañana a las ocho. Con camisa blanca y corbata. Y córtate el pelo.»

Llegué a las ocho de la mañana con mi rígida camisa blanca y una corbata de Woolworth con el nudo ya hecho, y, tras revisar las diez o doce bolsas de cartas que llegaron a las ocho y cuarto, las clasifiqué por plantas y por número de oficina. Éramos tres, y Joe nos enseñó a ordenar el correo de forma que pudiéramos empujar eficientemente los carros por los pasillos y acabar hacia el mediodía. A la hora de comer compraba algo en el puesto de perritos calientes que había en la Quinta con la Sexta, y comíamos los tres fuera, viendo pasar a las mujeres y hablando de béisbol. Munson, Piniella, Randolph, Hunter. Los Yankees jugaron bien ese año, y ganaron noventa y siete partidos. La siguiente partida de correo llegaba a las doce y media, y hacia la una menos veinte volvíamos a estar dentro clasificando. Hacíamos el reparto a las tres y media, y a las cinco habíamos acabado. Volvía andando a casa, cenaba e iba al cine. Lo hice dos veranos seguidos y ahorré las pagas.

> Estimada señora Young:
>
> Nos preocupa la noticia de la reciente detención por posesión de marihuana que se produjo en el parque Washington Square. A través de buenos amigos en la Oficina del Fiscal del Distrito de Manhattan, hemos conseguido que retiren los cargos. Aunque entendemos que no todos lo jóvenes involucrados eran culpables de la infracción, conviene recordar que tener antecedentes de un arresto es algo difícil de borrar y podría perjudicar el porvenir de un joven de forma muy desproporcionada al delito en cuestión. Es por tanto esencial que los jóvenes prometedores sean escrupulosos con las personas con que se relacionan.
>
> Atentamente,
> Anna Hewes

Todavía puedo ver al negro larguirucho que nos susurró: «María, maría» a mí y a mis tres amigos mientras paseábamos bajo los árboles de Washington Square Park, y, aunque yo fui demasiado cobarde para darle una calada al porro que uno de mis amigos compró, no me importó quedarme con ellos y dármelas de enrollado mientras veíamos cantar a un imitador de Bob Dylan ante un grupo de gente que estaba reunido alrededor de la fuente. A los pocos minutos, nos pilló un policía. Llamé a mi madre a su oficina y, unas horas más tarde, me soltaron. Creí que dejaron que me fuera porque era realmente inocente. No había vuelto a pensar en ello hasta entonces.

Estimada señora Young:

Hemos sido informados de los milagros de la informática miniaturizada en el uso de los nuevos «ordenadores personales»: pueden colocarse sobre el escritorio y utilizarse en lugar de las máquinas de escribir eléctricas, y facilitan la corrección de todo tipo de documentos escritos, incluidas las redacciones de los estudiantes. Según nos dicen, IBM tiene un modelo excelente y nos es grato comunicarle nuestro deseo de proporcionarle uno. Lo recibirá a principios de la semana que viene, a tiempo para el segundo trimestre, y nos complacería recibir un informe de su utilidad.

Atentamente,
Anna Hewes

Estimada señora Young:

Recibimos con satisfacción sus recientes noticias. La Universidad de Fordham tiene una facultad de Derecho de gran prestigio, y sugerimos que se ponga en contacto con el señor Seymour Fisher, que alquila habitaciones para estudiantes de Derecho allí. Si está conforme, puede pedirle al señor Fisher que se ponga en contacto con nosotros y nos entenderemos directamente con él.

Atentamente,
Anna Hewes

Seguían una serie de cheques mensuales para pagar el alquiler de mi habitación en la facultad de Derecho. Mi madre me había dicho que la había pagado con una pequeña herencia de un primo segundo cuyo nombre yo no conocía y, como no tenía motivos para sospechar nada, nunca había vuelto a pensar en ello. Luego:

> Estimado señor Segal:
>
> Ha llegado a nuestro conocimiento que están contratando a nuevos asistentes de fiscal en la Oficina del Fiscal del Distrito de Queens. Si bien no dudamos que los candidatos de tan codiciados cargos están altamente cualificados, consideraríamos un gran favor que estudiara con más detenimiento el currículum de George Young, a quien conocemos y creemos particularmente válido.
>
> Rogamos que no le mencione nuestra recomendación, ya que se trata de un contacto personal y suponemos que preferirá que se le considere sólo por sus logros y sus títulos.
>
> Atentamente,
> Anna Hewes

Había estado ayudándome en cada tramo del camino. Fue una sensación horrible, porque significaba que mis logros, por modestos que fueran, no eran sólo míos. Y la mejor prueba de ello era la última carta de la carpeta, la única que había visto, aunque hacía mucho que había perdido el original:

> Estimado George Young:
>
> Estamos al corriente de que su puesto en la Oficina del Fiscal del Distrito de Queens no ha resultado ser suficientemente satisfactorio. Si está abierto a otras oportunidades, agradeceríamos que considerara ponerse en contacto con nosotros. Somos un bufete pequeño y muy especializado, y ofrecemos un sueldo competitivo, exce-

lentes beneficios, un ambiente relativamente informal y la clara posibilidad de realizar un trabajo interesante y progresar profesionalmente.

Atentamente,
Anna Hewes

Esa noche me llevé la carpeta a casa y se la enseñé a mi mujer. Ella había percibido la angustia en mi voz cuando la había llamado desde la oficina y me había preparado una gran cena, salmón con polenta, que nos comimos en nuestra terraza.

—Te veo un poco raro —dijo por fin.

—Era mi padre. Trabajé con él sin saberlo.

Ella se quedó mirándome.

—Hablé con él, lo escuché, trabajé duro para él y sin duda sentí cierto afecto hacia él. Pero nunca lo supe. Y él sabía que yo no lo sabía. Eso solo es extraño y triste.

—¿Cómo es que tu madre nunca te lo dijo?

—Tengo que beber otra botella de vino antes de llegar a eso.

—Entonces, en esa última llamada, ¿Roger le preguntó a Anna si tenía un hermanastro?

Removí la comida.

—Creo que se lo dijo ese tipo de Floral Park.

—¿Anna le dio tu nombre a Roger? ¿Eso era lo que...?

Sí. Cerré los ojos; ella no terminó la frase. Recordé la grabación de la cámara de seguridad. Sí, mi hermanastro leyendo el papel en el que estaba escrito mi nombre. Volví a ver cómo lo arrollaba el camión y el papel salía volando, para desaparecer para siempre.

—¿Vas a decírselo a su madre? —preguntó Carol con suavidad—. Has averiguado lo que ella quería saber.

¿Debía hacerlo? La revelación de que mi padre biológico era Wilson Corbett y no el joven sin rostro que había muerto en Vietnam, como me había dicho mi madre, desencadenaba una pregunta tras otra. De modo que mientras estaba dispuesto a satisfacer la curiosidad de la señora Corbett, ella iba a satisfacer sin duda la mía, dado que el conocimiento de mis orígenes me había sido arrebatado con la misma rapidez con que el papel que llevaba escrito mi nombre había desaparecido de las manos de Roger Corbett en el momento de su muerte.

XII. El nombre de un hombre

Cada primavera llega un momento en el que percibo la proximidad del verano. El aire está cargado y la camisa se me pega al pecho. Con el calor, la ciudad de pronto huele diferente. Sólo dura un segundo, pero el tiempo da un tumbo hacia adelante. Y eso es precisamente lo que experimenté: tras el descubrimiento de que Wilson Corbett era mi padre biológico, de que me había reclutado para trabajar en su bufete y de que yo había estado trabajando a su lado durante años sin saber quién era realmente, sentí una sacudida, una especie de vértigo temporal en el que me encontraba en el presente y al mismo tiempo lejos, en el futuro, mirando atrás con incredulidad.

En cuanto entraba en casa por las noches, Carol me ofrecía una copa de vino, y los fines de semana insistía en que fuéramos al cine. De poco sirvió; sentía lo mismo que cuando murió mi madre y veía pasar aturdido las semanas entre llamadas telefónicas y reuniones. Terminó junio y empezó julio. Yo no estaba bien. Leía y releía las cartas fotocopiadas y mecanografiadas en papel carbón que me había entregado Anna Hewes, las examinaba cuidadosamente en busca de algún código oculto que lo explicara todo, una palabra que brillara en medio de la formalidad y revelara el afecto que Wilson Corbett sentía por mí, o incluso la razón por la que nunca había dado a conocer su identidad. Pero las cartas no reflejaban sentimientos, y tuve que deducir su afecto de las referencias al pago de las clases particulares, los campamentos y mi primer ordenador. Las cartas no daban muestras de resentimiento por tener que cumplir con una obligación, pero tal vez mi padre había sido demasiado astuto para divulgar esos sentimientos por escrito. ¿Podría haber lamentado mi existencia? El hecho de que me hubiera contratado en su bufete me hacía pensar que no era así. Pero no estaba totalmente seguro.

Tenía muchas cosas en que pensar, y, a pesar de que mi intención había sido ponerme en contacto con la viuda de Corbett, aún no lo había hecho. Tampoco sabía si se había sometido a la operación de corazón que tanto la aterraba.

—Debes llamarla —dijo Carol—. Todo esto te está distrayendo.

—Dame tres buenos ejemplos y lo haré —prometí.

—De acuerdo. Al vestirte esta mañana te has saltado una trabilla del cinturón.

Negué con la cabeza.

—Eso es un desliz corriente de la mediana edad. Puede extrapolarse fácilmente a un principio de Alzheimer.

—Eres realmente horrible —dijo mi mujer, medio en serio.

—¿Cuál es el segundo?

—Has olvidado reservar el hotel de Cape May.

Eso era un poco más serio.

—Sólo porque sabía que querías hacerlo tú. Cero a dos. Tienes que hacer un lanzamiento de tres puntos desde el área restringida.

Carol me miró fijamente. Es realmente más inteligente que yo y cuento con ello.

—Te perdiste la llamada de Rachel y ni siquiera preguntaste por ella.

—Eso son tres puntos —reconocí.

En julio solemos pasar un puente en Cape May, donde nos alojamos en uno de los grandes hoteles antiguos que hay junto a la playa. Me gusta el mal gusto de la ciudad, típico del Medio Oeste. Los chicos con chancletas arrastrando toallas, los caramelos de toffe, el minigolf, la exhibición de obesidad asándose alegremente en la playa. Me siento a gusto. Por supuesto, he estado en las despampanantes mansiones revestidas de madera de Bridgehampton, en Martha's Vineyard y en Mount Desert Island. Bla, bla, bla. Me quedo con Cape May. Conse-guir una habitación de hotel allí es más fácil que alquilar una casa, porque ahora sólo somos dos. Además, siempre hay aparcamiento. Es un ritual para nosotros. El secreto está en llegar a la Garden State Parkway antes de las ocho de la mañana del sábado. Hacia la una estás tumbado en la playa, untado de protector solar, durmiendo la siesta.

—No voy a ir a menos que llames a la señora Corbett —me recordó mi mujer unos días después, mientras estábamos sentados en nuestro balcón—. Me lo has prometido, ¿recuerdas?

—Necesito terapia de hablar.

Se levantó para regar las caléndulas.

—Habla entonces, porque me enfadaré mucho si no vamos a Cape May este verano.

Tenía tantas preguntas que no sabía por dónde empezar. En resumidas cuentas, había terminado cambiando cinco cajas de un valioso metal poco común que un ruso había entrado de contrabando en Estados Unidos por una revisión significativa de mi biografía personal, la Vida de

George Young, segunda versión. Todavía no había asimilado lo singular de ese intercambio. La vida no es más que una serie de transacciones, el aire que inhalamos por el aire que exhalamos, nuestra mano de obra por petróleo saudí y Lipitor, nuestra fe en la civilización por los carriles de peaje de paso rápido de la Garden State Parkway y agua potable sin contaminar por terroristas. Pero la mayoría de las transacciones son vistas como tales: sabemos más o menos qué estamos recibiendo a cambio de aquello a lo que renunciamos. Mi trato no había sido tan claro; además, parecía emblemático del imperio gigante y siempre fungible que es nuestra ciudad, Nueva York, donde enormes cantidades de todo se cambia por todo lo demás: tu destino por el mío, el dinero por la fama, el tiempo por el dinero, el riesgo por una prima, la información por el dinero, el sexo por el dinero, el poder por el sexo, el humor por el dolor, y el amor..., el amor se cambia por todo.

—¿Por qué no me lo dijo mi madre? —dije por fin—. Me debía una explicación.

Sin embargo, tenía la impresión de saber la razón. Era porque yo ya había recibido el amor de un padre, Peter Young, y si no llegaba a enterarme de quién era mi verdadero padre, tal vez mi padre adoptivo, el padre al que había querido sin reservas, no perdería nada de su valor ante mis ojos. Mi madre fue leal a Peter Young, quiso honrar el cariño que ese hombre había sentido por mí. Eso dejaba en el aire otra pregunta: ¿por qué Wilson Corbett no me lo había dicho personalmente a la muerte de mis padres? Después de todo, trabajábamos juntos y hablábamos unas cuantas veces a la semana, aunque fuera de pasada. ¿No se había sentido nunca tentado de sujetarme por los hombros y decirme que era su hijo? Pero hacerlo podía perjudicar el recuerdo que tenía de los padres que me habían criado. Y habría podido herir a sus otros dos hijos. Y a su madre. De modo que había optado por llevarme a su bufete, donde podría cuidar de mí y obtener cierta satisfacción como padre. ¿Había sido doloroso para él no poder tratarme como su hijo? No podía imaginarme a mí mismo guardando silencio en las mismas circunstancias. Pero éramos muy diferentes, y, si bien Wilson Corbett vivió más años que yo, también lo hizo desperdigado en distancias más amplias. Por lo que yo sabía, pasó por otras situaciones, tuvo diversas relaciones con mujeres e hijos que dejó atrás o que no aceptó del todo. A pesar del misterioso dolor que sentía, no podía condenarlo, ni siquiera podía desear que las cosas hubieran sido de otro modo.

—Lo que no entiendo es cómo no dedujiste que alguien que no era ninguno de tus padres te pagaba el colegio, los aparatos y demás —dijo mi mujer, interrumpiendo mis pensamientos—. Siempre se te ha dado muy bien el dinero, incluso de pequeño.

—No vivíamos en el lujo —dije—. Iba a un colegio privado, pero no teníamos un coche elegante ni nada parecido. Supongo que creía que podían permitírselo.

—¿Habría podido tu padre cubrir los gastos de que Corbett se hizo cargo?

No lo sabía. «Tu padre es muy astuto seleccionando acciones —me había comentado mi madre en una ocasión—. Pero es incapaz de jactarse de ello.» Eso me había parecido plausible, porque, gracias a su cargo en las Naciones Unidas, estaba al corriente de los informes económicos sobre los distintos países africanos. Yo los veía por casa, amontonados al lado de su butaca favorita. Esos papeles a menudo trataban de la demanda de ciertas materias primas; tal vez invertía en esos delicados bienes. Aunque no recordaba haber visto nunca entre su correspondencia extractos de cuentas de valores, ni pruebas de una gran riqueza cuando me ocupé de su herencia. Tal vez mi madre dejó caer la idea por si algún día me hacía preguntas. Además, todas las cartas que enviaba Anna Hewes en nombre de Wilson Corbett iban dirigidas al apartado de correos privado de mi madre. ¿Era posible que nunca le hubiera confesado a mi padre de dónde venía el dinero? Él llevaba la contabilidad familiar; tenía que saberlo. Eso significaba que se me habían ocultado las cartas a mí. Ella probablemente las iba a recoger, guardaba los cheques y tiraba las cartas con los sobres. Había otra manera de explicar ese flujo de dinero: aunque mi padre murió de cáncer de pulmón a los cincuenta años, había liquidado la hipoteca del piso razonablemente bonito que mi madre y él habían comprado cerca del edificio de las Naciones Unidas; a su debido tiempo, ella lo vendió y se alquiló uno mucho más barato cerca de mi casa, y las ganancias obtenidas por la venta la dejaron en una situación muy acomodada. Pero tal vez mi padre había podido saldar la hipoteca sólo porque Wilson Corbett había cubierto muchos de mis gastos. Visto así, la generosidad de Corbett también había ayudado a mi madre a la muerte de mi padre.

Iba ya por la segunda o la tercera copa de vino, cuando entré en nuestro dormitorio y vi la foto enmarcada de mis padres que tengo allí. Se la hicieron el verano que cumplí diez años, en un lago de New Hampshire. Se ve el agua y el borde de la canoa. Mi madre, con treinta y pocos años, parece feliz. Mi padre está moreno, ya tiene canas y lleva las patillas largas, al estilo de la época. También se le ve feliz. Un hombre y una mujer mirando a una cámara, muy conscientes del paso de los años. Si ocultaron tanta información sobre quién era yo y cómo vivíamos, fue con buena intención y con no pocas discusiones entre ellos. Por amor hacia mí.

Pero esas disposiciones mentales no debieron de ser fáciles, de ahí que ya no me choque tanto que mi padre fumara porros por las noches. Tal vez lo hacía para poder vivir más fácilmente con los silencios. Los porros probablemente le provocaron cáncer de pulmón, porque no fumaba tabaco, y, una vez que la enfermedad se apoderó de él, probablemente ya no le importó tanto soltarle unas cuantas mentiras bien intencionadas a su hijo adoptivo. O eso esperaba yo. Y de pronto lo quise aún más por su silencioso sufrimiento. Había tantas ironías en todo eso. Dos hombres —Peter Young, que me crió, y Wilson Corbett, que me creó— se habían adaptado el uno al otro. Me pregunté si se habrían conocido. Era posible.

—Bueno, George, supongo que tendré que llamar yo —dijo Carol cuando volví a casa el siguiente jueves por la noche.

—¿A quién?

—Al hotel de Cape May para decirles que no vamos a ir. O a lo mejor quieres ir tú solo y pasearte con cara larga por ahí. —Sostuvo en alto el teléfono—. Hablo en serio, George. Quiero que zanjes de una vez este asunto para que podamos pasar página. Tenemos mejores cosas que hacer que hablar de las patologías del difunto Wilson Corbett.

—¿Mejores cosas que hacer?

—Sí —respondió ella—, y no las hacemos muy a menudo.

Llamé a la señora Corbett la tarde siguiente. Carol se había tomado el día libre y había empezado a llenar el coche para salir a las seis de la mañana del día siguiente. Nadie respondió el teléfono de la señora Corbett. Bueno, pensé. En mi escritorio tenía la guía de páginas blancas de Nueva York de 1975 que Roger había comprado por eBay. La hojeé y busqué a mis padres, sólo por curiosidad. Sí, ahí estaban: Peter y Evelyn Young, en la calle Cuarenta y seis Este. Pero no estaban marcados de ningún modo, lo que fue una decepción. ¿Conocía Roger el nombre de mi madre antes de averiguar el mío unos minutos antes de morir? Tal vez. Metí la guía en la maleta y llamé a Carol a voz en grito, esperando un indulto.

—No ha contestado nadie en casa de la señora Corbett. Ya está.

—No es suficiente. Ve allí y llama a la puerta.

Moví los papeles de mi escritorio, distraído.

—¿Pretendes que irrumpa en su apartamento?

—Ella irrumpió en tu vida, George.

No podía contradecirla, de modo que le dije a Laura que me iba antes de la hora. Me lanzó una mirada; no fue la única de esas miradas. Sabía que me pasaba algo, pero no sabía qué. Yo no iba a tratar de explicárselo. Algún día tendría sus propios secretos y revelaciones sobre los que meditar.

Todavía tenía el grueso fajo de billetes que me habían dado por el rodio. Lo saqué del cajón de mi escritorio y me dirigí al ascensor con mi maletín.

Una vez fuera del edificio, me encaminé a la catedral de Saint Patrick. Entré por las enormes puertas y encontré el cepillo para los pobres. El dinero me pesaba en la mano y, por un momento, pensé en lo que podría comprarme con él. Me abaniqué con los billetes. No pienses, George, me dije. Dividí el fajo en dos y los dejé caer en la caja.

De nuevo en la calle, recorrí una manzana hacia el este para coger un taxi. El taxista leía su *e-mail* mientras conducía, levantando la vista de vez en cuando. Era demasiado peligroso.

—¡Eh! —grité.

—De acuerdo, jefe. Lo siento.

El taxi avanzaba deprisa. La ciudad está adormecida en verano; la gente se va de Nueva York. Nos detuvimos frente al edificio de la señora Corbett, en Park Avenue, una de las viejas y majestuosas mansiones de la ciudad. Entré. El aire acondicionado me golpeó. Se respiraba lujo.

—He venido a ver a la señora Corbett —le dije al anciano portero irlandés. Llamó al piso y asintió con la cabeza.

Subí en el ascensor y llamé al timbre de la señora Corbett. Al cabo de un momento una enfermera abrió la puerta.

—Sabe que está aquí —dijo con acento isleño—. Pero no sé cómo podrá comunicarse.

—¿Se ha sometido a la operación del corazón?

La enfermera pareció confusa por un momento.

—Verá, ya no es una opción.

Me condujo a través del largo salón que había visto en mi anterior visita, pero esta vez continuamos por un pasillo forrado de documentos jurídicos enmarcados de la carrera de Wilson Corbett (cartas y fotos firmadas por políticos, entre ellos Richard Nixon antes de salir elegido presidente; sentencias judiciales a su favor, el sumario impreso del día que se presentó ante el Tribunal Supremo) hasta un cavernoso dormitorio blanco. En la cama estaba la señora Corbett con una máscara de oxígeno en la cara. A su alrededor, en las cómodas, había montones de fotos de su marido y de sus dos hijos. Allí estaba Roger, de colegial, con el equipo de tenis, de recién casado, de padre, etcétera. Mi hermanastro. Uno de los dos.

La enfermera se inclinó y le quitó la máscara de la cara. Los ancianos ojos de la señora Corbett se abrieron y parpadearon. La primera vez que la vi me había parecido elegante y resuelta en su vejez, pero ahora su aspecto era el de una anciana vulnerable.

La enfermera se dirigió a ella.

—Es George Young.

Ella asintió.

—Lo recuerdo —dijo débilmente.

—Hablamos hace tiempo —dije.

—Debe de verme debilitada —replicó ella cansinamente—, pero lo recuerdo. Me mostré bastante insistente, ¿no es así?

—Sí.

—¿Y bien? ¿Ha averiguado la respuesta a mi pregunta?

Tenía muchas respuestas para ella, pero todas presuponían que sabía que yo era hijo de su marido. ¿Y si no lo sabía? Sería una conmoción. Moriría aún con menos determinación.

—Señora Corbett, tal vez recuerde que le comenté que su hijo tenía una novia. —Estaba ganando tiempo—. No le entusiasmó la noticia.

—No —dijo ella—. No me gustó.

—Pero era cierto. Hablé mucho con ella. Es checa. Más joven, pero una mujer reflexiva y con mundo. La noche que murió él iba a verla. Ella fue bastante comprensiva con sus defectos, y creo que fue un consuelo para él.

No era exactamente una mentira. Incluso se habría sostenido ante un tribunal, dada su exactitud general.

La señora Corbett me miró insatisfecha.

—¿Qué más ha averiguado?

—¿Qué quería que averiguara, señora Corbett? Empecemos por ahí.

Ella suspiró.

—Señor Young, mi hijo me hizo unas cuantas preguntas un mes antes de morir. No tuve ganas de responderlas. Sacaban a relucir mis supuestas deficiencias como joven esposa casi cincuenta años atrás. Tuvimos la típica discusión entre madre e hijo. Me imaginé que no pararía hasta sonsacármelo, pero luego dejó de preguntar. —Se detuvo para recuperar el aliento—. Me pregunté si había obtenido cierta información y qué había descubierto. Luego se murió de una forma horrible. Le dije a Anna que quería averiguar lo que sabía y ella me sugirió que le llamara a usted. Al principio sólo quería saberlo para estar en paz conmigo misma. Sí o no. Pero luego empecé a desear que Roger hubiera descubierto lo que yo no había querido decirle. Le habría gustado saberlo, lo habría convertido en algo positivo. Verá, había perdido a muchas personas, a su familia, a su padre, y tal vez eso añadiera una persona en su vida. Le habría hecho feliz, lo sé. Yo debería haber respondido sus preguntas... Fui estúpida callándome.

—¿Se le ocurrió pensar que Anna tal vez sabía lo que había averiguado Roger?

Ése era el caso, porque ella misma se lo había dicho.

—A ella le pareció que usted debía involucrarse, señor Young. Anna y yo nos conocemos, pero no somos lo que se dice amigas. —La señora Corbett respiró hondo—. Las cosas han sido un poco complicadas entre nosotras. Ella estaba muy unida a mi marido, debo reconocerlo. Sabía cosas. Probablemente me vio de un modo extraño esos años. Nunca le caí muy bien.

Eso significaba que Anna se había negado a decirle a la señora Corbett que Roger lo sabía. Un poco cruel.

—Señora Corbett —empecé a decir tímidamente—, creo que Roger llamó a Anna justo antes de morir y oyó por primera vez el nombre de alguien que resultaba ser su hermanastro.

La señora Corbett pareció alegrarse.

—¿De verdad lo cree?

—Sí.

—No mentiría a una anciana moribunda, ¿verdad?

—Por favor, señora Corbett. Hasta puedo demostrárselo.

Fui a mi maletín y saqué la guía de Nueva York del año 1975. Con una mano hojeé las páginas mientras con la otra sacaba un bolígrafo con disimulo.

—Señora Corbett, tengo esta... —Encontré la página en la que aparecían Peter y Evelyn Young en la calle Cuarenta y seis Este, y lo marqué rápidamente con un círculo, sosteniendo en alto el libro para que ella no me viera hacerlo—. Roger compró esta guía por eBay. —Me guardé el bolígrafo en el bolsillo y regresé al lado de la cama, esperando que la hoja seca y vieja absorbiera rápidamente la tinta fresca—. Y he encontrado esto que creo que debería servirle a usted de prueba.

Rodeé la cama hasta detenerme en una íntima proximidad y sostuve la guía frente a sus ojos ancianos. Luego señalé la lista: el nombre de mi madre, con quien su marido había flirteado a comienzos de 1960 y con quien engendró a un hijo, y el del hombre que con tanto amor había criado a ese hijo. Qué extraño era mostrarle a la señora Corbett el nombre de mi madre.

—¿Esa vieja guía era de Roger? —preguntó la señora Corbett—. ¿Había descubierto el nombre de la mujer en cuestión, la madre del chico?

—Sí. No comprendí que usted deseara que su hijo lo descubriera —dije retrocediendo.

—Estoy segura de que Roger se emocionó al enterarse. Se habría puesto en contacto con ese hombre. —La voz de la señora Corbett era apenas un graznido—. Ha dicho algo antes, ¿qué era...?, que esa mujer fue comprensiva con sus defectos.

—Sí.

—Todos debemos serlo —respondió ella, desviando la mirada. ¿Qué recordaba? ¿Había sido feliz? ¿Importaba todavía? Volvió a clavar sus ojos ancianos en los míos—. Acérquese, por favor.

Me detuve de nuevo al lado de la cama y la señora Corbett levantó una mano huesuda de gruesos nudillos esperando que se la cogiera. Así lo hice. Cuando sus dedos se entrelazaron con los míos, ella me devolvió el apretón con una fuerza sorprendente. Luego me miró fijamente a los ojos.

—Mi marido se sintió orgulloso de ti, George. Siempre. —Volvió a apretármelos—. Muy orgulloso.

Me soltó la mano y cerró los ojos antes de que yo tuviera oportunidad de hacerle alguna pregunta. La enfermera me indicó por señas que era preciso colocarle la máscara de oxígeno. Retrocedí. La señora Corbett inhaló sosegadamente. Esperé a ver si abría los ojos y me miraba de nuevo, ahora que todo era diferente, pero no lo hizo.

Agradecimientos

Esta breve novela nació como una serie de quince entregas semanales que me encargó Ilena Silverman, editora de *The New York Times Magazine*. Ilena posee un talento incomparable y mejoró el relato en todos los sentidos. Aaron Reticker y Bill Ferguson, también del *Times*, hicieron valiosas sugerencias que mejoraron el texto. Fue un placer trabajar con todos ellos. Estoy asimismo agradecido a Gerry Mazorati, el editor de la revista, por apoyar este proyecto y por las oportunas observaciones que ofreció a medida que se aproximaba la fecha de su publicación.

En Picador estoy profundamente en deuda con David Rogers, que hizo muchas propuestas incisivas, y me ayudó a eliminar las repeticiones propias de una serie y a dar forma de libro a la historia. Fue él quien me sugirió el título, por lo que le estoy agradecido. Estoy asimismo en deuda con Frances Coady, Henry Sene Yee, David Logsdon y Susan M. S. Brown.

Mi editora francesa, Françoise Triffaux, en Belfond, me ofreció buenos consejos que también agradezco.

En Farrar, Straus y Giroux, Jonathan Galassi y Sarah

Crichton satisficieron mi deseo de hacer un libro a partir de esta historia. Gracias a los dos. En ICM, Kris Dahl sigue proporcionando sabios consejos y experta orientación. Gracias, Kris.

Mi agradecimiento también a nuestra amiga de toda la vida, Joan Gould, por sus aportaciones sobre los contornos socioeconómicos de Mamaroneck, Nueva York.

Asimismo quiero dar las gracias a Susan Moldow y a Nan Graham por lo comprensivos que fueron con el tiempo dedicado a este proyecto.

Y, como siempre, a mi mujer, Kathryn.

Índice

es un sello editorial de Grupo Norma, S. A.

mosaico

© 2010, Colin Harrison
Editor original: Picador / Farrar, Straus and Griaux / Pan Books Limited
Título original: *Risk*
© 2010, de la presente edición en castellano para todo el mundo
Parramón Ediciones, S. A. para

mosaico

Rosselló i Porcel 21, 9ª planta, 08016 Barcelona
(Grupo Norma, S. A.)
www.edicionesmosaico.es

© 2010, por la traducción, Aurora Echevarría

Primera edición: septiembre de 2010

Diseño de la colección: Compañía
Imagen de cubierta: Terry Rohrbach. Base Art Co.

Director de producción: Rafael Marfil
Producción: Guillermo Blanco

ISBN: 978-84-92682-42-3
Depósito Legal: NA-1866-2010
Maquetación: VÍCTOR IGUAL, sl
Impresión y encuadernación: RODESA (Rotativas de Estella, S. A.)

Impreso en España – *Printed in Spain*